LASP

Der Autor

Lutz Ullrich, Jahrgang 1969, studierte Politik und Rechtswissenschaften, schrieb für verschiedene Zeitschriften, betätigte sich in der Politik und arbeitet heute als Rechtsanwalt. Er lebt mit seiner Familie in der Nähe von Frankfurt. Mehr Informationen gibt es unter www.lutzullrich.de.

In der Tom-Bohlan-Reihe sind bisher folgende Bücher erschienen:
Der Kandidat (2009)
Tod in der Sauna (2010)
Tödliche Verstrickung (2011)
Stadt ohne Seele (2012)
Mord am Niddaufer (2013)
Das Erbe des Apfelweinkönigs (2014)
Kristallstöffche (2015)
Klaa Pariser Blut (2017)
Citymord (2018)
Tod am Hühnermarkt (2020)

Außerdem der Kurzkrimi:
Bohlan und das geheimnisvolle Manuskript

Außerdem erhältlich
Wie aus Herbert Willy wurde (2016)
Mord an der Alten Oper (2022)

Alle Bücher sind auch als E-Book erhältlich

Leiche am Eisernen Steg

Ein Kriminalroman von Lutz Ullrich

© 2024 Lutz Ullrich
Lektorat: Punkt und Komma
Cover-Foto: Adobe Stocks
Satz: Udo Lange
ISBN 978-3-946247-32-0
1. Auflage

www.lasp-verlag.de
www.lutzullrich.de

Printed in Germany
Das Werk, einschließlich seiner Teile, ist urheberrechtlich geschützt. Jede Verwertung ist ohne Zustimmung des Verlages und des Autors unzulässig. Dies gilt insbesondere für die elektronische oder sonstige Vervielfältigung, Übersetzung, Verbreitung und öffentliche Zugänglichmachung.

1.

Die Nachtluft entlang des Mains war feucht vom Nieselregen. Ein Nebelschleier lag über der Stadt. Finn Bauernfeind stand am Fuße der Treppe, die zum Eisernen Steg führte. Er war in Schwarz gekleidet, die Kapuze der Daunenjacke so weit über den Kopf gezogen, dass sein Gesicht allenfalls zu erahnen war. Um dem Ganzen die Krone aufzusetzen, trug er eine Sonnenbrille. In der Dunkelheit und dem Nebel wirkte er fast unsichtbar.

Nervös schaute er immer wieder auf die Uhr und trat fröstelnd von einem Bein auf das andere. Es war Viertel nach drei in der Nacht. Sein nächtliches Date war längst überfällig, schon über zehn Minuten zu spät. Hatte es sich seine Verabredung etwa anders überlegt? War es aufgehalten worden? Und was würde das bedeuten?

Finns Gedanken trifteten zu einem Thema ab, das ihn seit Wochen beschäftigte. Die Welt glich einem Haifischbecken, einer globalen Treibjagd nach Geld. Die Gier war überall zu greifen. Milliarden Dollar und Euro rasten um den Globus und trieben den Puls der Finanzjongleure bis zum Herzinfarkt. In ihren Augen konnte man die Kurse flimmern sehen. Die Protagonisten spielten an den Börsen der Welt wie in einem Casino – ohne Rücksicht auf Verluste. Sie pokerten mit Aktien, Derivaten, Kryptowährungen, Edelmetallen – selbst mit Nahrungsmitteln. Die Armen dieser Welt hatten nicht einmal genug Brot zum Überleben. Finn hatte dieses Treiben lange verabscheut. Doch irgendwann war er auf den Trichter gekommen, dass das Lamentieren sinnlos war, und hatte beschlossen, sich nicht mehr treiben zu lassen, sondern aktiv zu werden. Warum sollte er sich nicht ein Stück vom Kuchen nehmen, wenn man es ihm nicht freiwillig gab?

Der Staat beschützte sowieso nur die Reichen. Sie spekulierten ohne Sinn und Verstand und standen nicht einmal für ihre Fehler ein. Sie rissen ganze Firmen in die Pleite und zur Belohnung flossen trotzdem Boni. Stand eine Bank vor dem Ruin, griff die öffentliche Hand – vom großen Crash geschockt – rettend ein und verschleuderte Millionen Steuergelder.

Der Reichtum dieser Welt verteilte sich in den Taschen weniger, die reicher und reicher wurden und alles bestimmten. Drei große Investmentfirmen waren an über neunzig Prozent der an der Wall Street gelisteten Aktien beteiligt. Sie waren somit Miteigentümer beinahe aller wichtigen Firmen, inklusive der Medienkonzerne. Die Machtstrukturen entwickelten sich in eine gefährliche Richtung. Aus der amerikanischen Demokratie war längst eine Oligarchie geworden. Nur hatte das kaum einer bemerkt. Jeder musste selbst sehen, wo er blieb. Das trieb viele Menschen in den Egoismus. Beim Kampf um Macht und Geld schreckten sie nicht vor Betrug und Erpressung zurück. Das Spiel an der Börse war hart und man musste bereit sein, alles zu tun, um zu gewinnen.

Finn richtete den Blick nach oben. Auf dem Steg hallten Schritte. Aus der Dunkelheit tauchten die Umrisse einer Gestalt auf, die von der gegenüberliegenden Mainseite aus immer näher kam. Finn kniff die Augen zusammen. Jetzt erreichte die Gestalt die obere Treppe. Finns Anspannung stieg, sein Herz schlug schneller. Adrenalin schoss durch seine Adern.

Es ging los!

2.

Das Klingeln des Telefons riss Tom Bohlan aus dem Schlaf, noch bevor der Wecker eine Chance gehabt hatte, seinen morgendlichen Dienst zu erfüllen. Draußen dämmerte es und im Körper des Kommissars steckte die gleiche Müdigkeit wie am Abend zuvor, als er ins Bett getorkelt war.

»Guten Morgen, Herr Bohlan.«

Obwohl die Stimme aus dem Polizeipräsidium bemüht freundlich klang, schepperte sie blechern wie ein kaputter Verstärker in Bohlans Schädel.

»Es tut mir leid«, schob die Stimme entschuldigend hinterher, »wir haben eine Leiche am Eisernen Steg.«

Der Kommissar hoffte auf einen Traum, tastete mechanisch nach dem Lichtschalter. »Ich habe schon alle organisiert. Also Spusi und die Gerichtsmedizin. Sie müssen nur kommen«, drängte die Stimme.

»Vielen Dank.« Bohlans Stimme klang so kratzig, wie sie sich anfühlte. Erschreckend. Hoffentlich war keine Erkältung im Anflug.

Hastig schob er die Decke zur Seite und bahnte sich den Weg über auf dem Boden liegende Kleidungsstücke in Richtung Bad. Er duschte sich schnell mit kaltem Wasser ab, wickelte sich ein Handtuch um die Lenden und stellte in der Küche den Kaffeekocher auf den Herd. Während er sich anzog, wurde Wasser durch das Sieb nach oben gedrückt, wo es sich als Espresso sammelte.

Der koffeingetränkte Duft lockte Bohlan zurück in die schmale Bordküche. Der Kommissar fand zwei weiche Milchbrötchen und ein Nutella-Glas. Noch im Stehen tippte er eine Whatsapp an Julia Will. Deren Antwort ließ nicht lange auf sich warten. Seine Kollegin war schon auf dem Weg zum Tatort. Fünf Minuten später saß der Kommissar in seinem VW-Lupo und fuhr Richtung Innenstadt. Während die Frankfurter Skyline auf ihn zuflog, dröhnte ein Popsong aus dem Radio. Bohlans rechter Daumen klopfte den Takt gegen das Lenkrad, ansonsten nahm der Kommissar aber weder Text noch Melodie wahr. Bohlan liebte die Stadt genauso wie seine Arbeit, doch wenn er unausgeschlafen war, fiel es ihm schwer, sich daran zu erinnern.

Seit einiger Zeit zehrte der Job zunehmend an seiner Substanz. Viel Arbeit war es schon immer gewesen. Daran lag es nicht. Aber mit Mitte fünfzig war man nicht mehr so belastbar wie mit dreißig. Das war ein Fakt. Selbst an ihm ging die Zeit nicht spurlos vorbei. Würde die Belastung eine andere werden, wenn er Gerdings Nachfolge angetreten hatte? Er könnte eine ruhigere Kugel schieben, mehr Zeit im Präsidium verbringen und müsste nicht mehr ständig auf der Straße herumschnüffeln wie ein räudiger Straßenkater. Eigentlich war die Entscheidung längst gefallen und er hatte Gerding zugesagt. Doch sie fühlte sich immer noch nicht rund an. Bohlan haderte mit ihr. Entsprach dieses Herumschnüffeln nicht seinem Naturell? Jedenfalls mehr als ein Schreibtischjob im Präsidium? Der Kommissar näherte sich der Innenstadt. Zum Teufel mit den ganzen Gedanken! Er drehte die Musik lauter, versuchte, an seine Freundin Tamara zu denken, und kurvte in Richtung Main.

Am Eisernen Steg angekommen parkte er den Lupo am Straßenrand und stieg aus. Steinbrechers Harley stand nur wenige Meter entfernt. Das Chrome blinkte in der Morgensonne. Das Gelände vor der Treppe war mit blau-weißem Absperrband markiert. Überall standen Uniformierte herum, um Passanten und Gaffer abzuhalten. An den Stufen zum Steg hinauf, der von der Frankfurter Altstadt nach

Sachsenhausen führte, entdeckte er Julia Will und Walter Steinbrecher. Sie kehrten ihm den Rücken zu und waren in ein Gespräch vertieft.

Bohlan begrüßte einen der uniformierten Kollegen, der ihn gleich erkannte und mit einem »Morschen!« durchwinkte.

»Schlechter Ort für 'ne Leiche! Ist die Brücke komplett gesperrt?«, brummte der Kommissar.

»Nein. Der Tote liegt kurz vor dem oberen Treppenabsatz. Wir haben den Aufzug freigegeben, sonst müssten die Menschen ja bis zur Untermainbrücke laufen.«

»Gut gemacht«, lobte Bohlan und klopfte dem Beamten anerkennend auf die Schulter. Es war immer gut, die Kollegen bei Laune zu halten, vor allem die Streifenpolizisten, die oft genug für die Drecksarbeit zuständig waren und selten ein Lob einfuhren.

Bohlan näherte sich Will und Steinbrecher, die sein Kommen mittlerweile bemerkt hatten und auf der untersten Stufe auf ihn warteten.

»Hallo zusammen.«

»Morgen, Tom. Die Leiche liegt um die Ecke. Der Mörder hat sich was Besonderes einfallen lassen«, sagte Julia geheimnisvoll. »Aber schau selbst.«

Will trug Jeans und eine leichte Daunenjacke. Ihre dunkelbraunen Haare waren wie meist zu einem Zopf gebunden.

Steinbrecher rollte eine Zigarette zu Ende, klebte das Papier zusammen und zündete sie an. Bohlan musste schmunzeln. Schön, dass sich manche Szenen an jedem Tatort wie ein Ritual wiederholen. Das schaffte so etwas wie Vertrautheit, bot ein Muster, in dem man sich bewegen konnte. Steinbrecher war ein altes Schlachtross wie er und würde sich nicht mehr ändern. Mochte auch alle Welt das Rauchen aufgeben oder auf neumodische E-Zigaretten umsteigen, Walter Steinbrecher käme so etwas niemals in den Sinn. Er drehte seine Glimmstängel wie eh und je lieber selbst. Auch an seiner Motorradkleidung würde sich nichts mehr ändern. Nur die früher dunklen, wuseligen Locken waren mittlerweile weiß geworden. Jetzt nahm er genüsslich die erste Ladung Nikotin in sich auf und wirkte dabei glücklich und zufrieden.

Bohlan ging die Stufen hinauf zum ersten Absatz und dann nach rechts. Dort lag, mit dem Rücken gegen die obersten Stufen gelehnt, die Leiche – ein junger Mann, dessen Oberkörper in eine leichte schwarze Daunenjacke gehüllt war. Er trug schwarze Jeans und Sneaker.

Bohlan schätzte den Mann auf Mitte zwanzig. Das Gesicht wies wenig Falten auf, war an Kinn und Wangen mit leichten Bartstoppeln bedeckt. Dunkelblonde Augenbrauen lugten unter einer kantigen Ray-Ban-Sonnenbrille hervor. Irgendwas steckte in seinem Mund. War das die Überraschung, von der Will gesprochen hatte?

Bohlan kniff die Augen zusammen, um besser sehen zu können. In letzter Zeit spielten sie nicht mehr so recht mit. Eine altersbedingte Veränderung, die Bohlan nur allzu gern verdrängte. Er stieg zwei, drei weitere Stufen hinauf. Waren das wirklich Geldscheine? Ein ganzes Bündel brauner Fünfziger, akkurat zusammengerollt. Merkwürdig!

»Raubmord können wir wohl ausschließen«, bemerkte Will mit einem Hauch Sarkasmus in der Stimme.

Bohlan nickte. Dass ein Mörder seinem Opfer Geld in den Rachen schob, war eher ungewöhnlich.

Der Blick des Kommissars fiel auf das Messer, das im Brustkorb der Leiche steckte. Unter ihr hatte sich eine Blutlache gebildet, vermutlich bereits angetrocknet.

»Da wird Dr. Spichal einen leichten Job haben. Die Todesursache ist unverkennbar.« Bohlan beugte sich über die Leiche. »Wer hat ihn gefunden?«

»Ein junger Mann, der heute Morgen über den Steg joggte«, berichtete Will.

Bohlan bekam gleich ein schlechtes Gewissen, weil er schon seit über einer Woche nicht mehr laufen war. Diese Nachlässigkeit passierte ihm in der letzten Zeit immer öfter. Ein weiteres Anzeichen dafür, dass er älter wurde? Überhaupt: Früher war er dauernd auf Achse gewesen – auch nach Dienstschluss. In den letzten Monaten aber war er abends froh, sein Hausboot erreicht zu haben. Erledigt vom Tag ließ er sich meist aufs Sofa fallen, schaute durchs Fenster und beobachtete gedankenverloren, wie das Wasser des Mains flussabwärts floss. Alternativ ließ er sich von der Glotze berieseln. Wenn Tamara ihn aus dem Trott riss und zu einem Event schleifte, amüsierte er sich. Dann war er sogar stolz darauf, aktiv zu sein. Aber von allein schaffte er es nicht, das Sofa zu verlassen. Morgens war es nicht anders. Früher war er gleich nach dem Aufstehen zum Joggen aufgebrochen, hatte danach kalt geduscht und war tatendurstig ins Präsidium gefahren. In den letzten Wochen war daran nicht zu denken gewesen. Wenn der Wecker klingelte, blieb er müde liegen, zögerte die Dusche hinaus und trödelte herum.

Irgendetwas musste sich ändern.

»Tom, alles okay?«

Bohlan schreckte auf. »Ja, natürlich!«

Sie stiegen die Treppen wieder hinunter, erreichten Steinbrecher, der lässig am Geländer lehnte und die letzten Züge der Zigarette genoss.

»Hast du die Personalien von dem Jogger?«, wollte Bohlan wissen.

»Klar, was denkst du. Die des Opfers übrigens auch. Leider kann uns der Jogger aber nicht viel weiterhelfen. Von der Tat selbst hat er nichts mitbekommen.« Steinbrecher blies Zigarettenrauch in Richtung Main.

»Vermutlich wird das mit Zeugen sowieso ein Problem.« Bohlans Blick wanderte zur Häuserzeile auf der gegenüberliegenden Straßenseite. »Wenn da nicht zufällig nachts jemand aus dem Fenster geschaut hat, siehts schlecht aus.«

»Es gäbe da noch die Obdachlosen«, warf Will ein. »Die nächtigen unter den Brücken. Vielleicht hat da jemand was gesehen.«

»Gut möglich«, grummelte Bohlan. »Fragt sich nur, wie auskunftsfreudig die sind.«

»… und ob sie sich nicht des Geldes bemächtigt hätten, das im Mund des Opfers steckt«, bemerkte Steinbrecher. Er ließ den Stummel der Zigarette auf den Asphalt fallen und zertrat die Glut.

Die Wagen der Spurensicherung und der Gerichtsmedizin fuhren vor.

»Kaffee in der Altstadt?«, fragte Bohlan. »Hier stehen wir eh nur im Weg.«

Es war mehr eine Aufforderung als eine Frage.

3.

Bohlan, Will und Steinbrecher betraten das Café im Frankfurter Kunstverein und setzen sich an einen Tisch direkt am Fenster. Draußen, zwischen Römerberg und Altstadt, war noch nicht viel Betrieb. Die Mainmetropole musste erst noch erwachen.

Bohlan kramte sein Notizheft aus dem Mantel und zückte tatendurstig den Kugelschreiber.

Nachdem die Bedienung die Bestellung von drei Cappuccinos aufgenommen hatte, sagte der Kommissar: »Also halten wir fest: Unser Opfer wurde im Laufe der Nacht erstochen. Außer dem Jogger haben wir bislang keine Zeugen. Was wissen wir über das Opfer?«

»Zum Glück hatte er seine Papiere einstecken. Er heißt Finn Bauernfeind, wohnte in der Schäfflestraße, das ist im Riederwald«, sagte Steinbrecher.

»Alter?«

»26.«

Bohlan kritzelte die Infos in sein Heft. »Sonst noch was?«

»Nicht wirklich, außer der Sache mit den Geldscheinen«, warf Steinbrecher ein, während die Bedienung die Tassen auf den Tisch stellte.

»Ja, das ist in der Tat ein merkwürdiges Detail. Ich habe auch noch nie erlebt, dass der Täter sein Opfer bezahlt!« Bohlan nippte an seinem Cappuccino.

»Es könnte ein Hinweis auf sein Tatmotiv sein«, vermutete Will. »Vielleicht war Finn besonders geldgeil, konnte seinen Rachen nicht voll genug bekommen.«

»Ja«, stieß Bohlan aus. »Das war auch meine erste Assoziation. Aber ist dies nicht zu offensichtlich?«

»Nicht jeder Täter will komplizierte Spuren legen.

Wenn die Tat aus einer Emotion heraus erfolgt ist, könnte das schon passen«, spekulierte Will.

»Vielleicht hat das Opfer den Täter im Vorfeld geprellt oder betrogen«, spann Steinbrecher den Faden weiter und trank seinen Cappuccino aus.

»Wäre eine Möglichkeit«, stimmte Bohlan zu. »Andererseits würde er ihm dann postum weiteres Geld in den Rachen schieben.«

»Auch wieder wahr«, pflichtete Will ihm nachdenklich bei. »Dann sollten wir uns zunächst in der Wohnung des Opfers umschauen.«

Bohlan sah Will an. »Das machen wir.« An Steinbrecher gewandt fuhr er fort: »Du und Jan, ihr klappert die Umgebung ab. Hört euch in der Obdachlosenszene um. Vielleicht hat doch jemand irgendetwas gesehen. Wo steckt Jan eigentlich?«

Jan Steininger war das vierte Mitglied des Ermittlerteams. Da er in Offenbach wohnte, kam er meistens als letzter zum Tatort.

»Ist auf dem Weg«, sagte Steinbrecher. »Ich warte hier auf ihn.«

Bohlan und Will fuhren schweigend im Lupo durch die Frankfurter City. Immer wieder blieben sie im Verkehr stecken, mussten an zahllosen Ampeln warten. Nach der Abbiegung hinter der Eissporthalle schlängelte sich die Blechlawine einem Lindwurm gleich endlos langsam Richtung Riederwald.

Das Haus, in dem Finn gewohnt hatte, lag unmittelbar hinter einem durch ein Haus gebildeten Torbogen, der die Siedlung von der Borsigallee abschirmte. Auf der anderen Seite der viel befahrenen Straße lagen die Sportstätten des FSV und der Eintracht in trauter Nachbarschaft.

Bohlan parkte den Wagen am Straßenrand, während

Will eine Nachricht ins Handy tippte. Er ließ seinen Blick über die Häuserzeilen der Schäfflestraße schweifen, die wie an einer Kette aufgezogen hinter einer Platanenreihe standen. Die Häuser waren zweigeschossig, die Fassaden mit Klappläden bestückt. Die Siedlung war im ersten Jahrzehnt des vergangenen Jahrhunderts als Arbeitersiedlung erbaut worden, gleichzeitig mit dem Bau des Osthafens.

»Komm schon!«, sagte Bohlan.

Will steckte das Handy ein und folgte ihm zum Eingang des Wohnhauses. Bohlan kramte etwas umständlich den Schlüssel aus der Jackentasche, den Steinbrecher Finns Jacke entnommen hatte. Die beiden betraten das Treppenhaus. Bohlan fühlte sich wie auf einer Zeitreise. Das Gebäude war in den letzten vierzig Jahren nicht renoviert worden. Die Holztreppen waren abgelaufen, von den Wänden bröckelte die Farbe. Zudem herrschte eine unnatürliche Stille. Alle Bewohner schienen ausgeflogen zu sein. Vor Finns Wohnungstür versicherte sich der Kommissar am Klingelschild nochmals, dass sie die richtige Wohnung vor sich hatten. »Finn Bauernfeind« stand dort auf einem gelben Band, das einem Etikettendrucker entstammte. Bohlan steckte den Schlüssel ins Schloss. Nach zwei Umdrehungen öffnete sich die Tür. Kurz darauf standen sie im engen Flur einer Drei-Zimmer-Wohnung.

Sonnenstrahlen fielen durch das schmutzige Wohnzimmerfenster. Gardinen oder Jalousien waren keine angebracht. Überall lagen Zeitungen und Zeitschriften herum, im Regal stapelten sich Bücher über Bankgeschäfte. Davor stand eine prall gefüllte Aktentasche.

»Wo sollen wir anfangen?«, fragte Will, nachdem sie sich einen kurzen Überblick über die Wohnung verschafft hatten.

»Kümmere dich ums Arbeitszimmer«, antwortete Bohlan und ging selbst in Richtung Schlafzimmer, das eine

Tür weiter lag.

Er öffnete vorsichtig einen Schrank und fand einige Herrenanzüge und Hemden in verschiedenen Farben. T-Shirts und Pullover waren ordentlich gefaltet. Aber außer Kleidungsstücken konnte er nichts finden. Er drehte sich um, stiefelte wieder durch den Flur. Will wühlte sich inzwischen durch allerlei Papierkram.

»Und, was Interessantes?«, fragte Bohlan leise.

»Ja«, gab Will grimmig zurück, »er war bei der Bankakademie eingeschrieben, zuvor hat er offenbar eine Banklehre absolviert.«

Das erklärte die für einen jungen Kerl recht altmodische Kleidung, dachte Bohlan. Er lugte Will über die Schulter und entdeckte ein Foto an der Pinnwand.

»Das könnte seine Freundin sein«, sagte er knapp. »Und hier ist eine Adresse auf einem Briefumschlag: Petra und Michael Bauernfeind. Vielleicht seine Eltern?«

Will nickte. Bohlan scannte das Regal ab, in dem weitere Aktenordner und Bücher standen.

»Den Computer nehmen wir mit«, sagte Bohlan unvermittelt.

Will zögerte kurz. »Im Flur stehen ein paar Plastikboxen, da können wir alles reinpacken. Hier ist übrigens noch ein Adressbuch mit einigen Namen drin!«

Bohlan holte die Boxen und verstaute Aktenordner und Computer.

Nach einem abschließenden Rundgang verließen sie die Wohnung wieder.

Im Auto wählte Bohlan Steinbrechers Nummer und fragte nach dem Stand der Ermittlungen am Main. Die Stones hatten die Anwohnerschaft abgeklappert und sich ein wenig in der Obdachlosenszene umgehört – bislang ohne zielführende Ergebnisse. Niemand schien etwas von dem Mord mitbekommen zu haben. Der Leichenfund selbst war allerdings mittlerweile Gesprächsthema in der Stadt und gab Anlass für allerhand Spekulationen.

Bohlan diktierte Steinbrecher die Adresse der vermutlichen Eltern und bat die Kollegen darum, diesen einen Besuch abzustatten. Steinbrecher war wenig erfreut über die neue Aufgabe, fügte sich aber in sein Schicksal.

Am späten Nachmittag herrschte im Kommissariat eine gespannte Atmosphäre. Bohlan und Will wälzten seit ihrer Rückkehr Finns Aktenordner und Kontoauszüge – eine Arbeit, die Bohlan hasste und gern delegierte. Doch die Stones waren unterwegs und weiteres Personal zurzeit nicht verfügbar. Umso erfreuter war er, als Steininger und Steinbrecher eintrafen.

»Da seid ihr ja endlich«, begrüßte er seine Kollegen überschwänglich.

»Und wir haben Kuchen mitgebracht!«, rief Steinbrecher triumphierend aus und jonglierte eine große Bäckertüte durch den Raum, um sie behänd auf dem Tisch zu platzieren. Die beiden entledigten sich ihrer Jacken. Will holte Kaffee, Teller und Tassen und stellte alles auf den Tisch.

»Mhmm, lecker Streuselkuchen«, bemerkte Bohlan, nachdem er die Tüte geöffnet und die Stücke verteilt hatte.

»Ist endlich wieder im Sortiment«, berichtete Steinbrecher stolz.

»Hat dein ständiges Meckern also doch geholfen!?«, sagte Will belustigt.

Nachdem die Bäckereikette vor wenigen Wochen den Butterstreusel kurzerhand aus dem Sortiment verbannt hatte, waren Steinbrecher und Bohlan ständig schlechter Laune gewesen.

»Ich war bei Weitem nicht der Einzige«, grunzte Steinbrecher.»Die Verkäuferin war genervt von den permanenten Nachfragen.«

Bohlan schob sich das erste Stück Streusel in den Mund. Ein Lächeln huschte über seine Lippen. »Mhmm, wie ich den vermisst habe!«

»Es ist wirklich einer der besten der Stadt«, murmelte Steinbrecher mit vollem Mund. »Ich kann immer noch nicht nachvollziehen, wie man auch nur auf die Idee kommen kann, den aus dem Sortiment zu nehmen.«

Bohlan berichtete im Anschluss über Finns Wohnung und schloss mit den Worten: »Also alles in allem keine besonderen Dinge. Scheint 'ne ganz normale Studentenbude zu sein.«

Der Kommissar trank einen Schluck Kaffee. »Was gibts bei euch?«

»Nicht viel.« Steinbrechers Stimme klang frustriert. »Die Nachfragerei in der Stadt hätten wir uns sparen können!«

»Wir haben bestimmt vierzig Wohnungen abgeklappert. Niemand hat etwas gesehen oder gehört. Und bei den Obdachlosen unter den Brücken herrschte auch Flaute. Keiner hat etwas mitbekommen«, ergänzte Steininger.

»Tja, nachts scheint in Frankfurt tote Hose zu sein. Von wegen aufregendes Nachtleben und so«, bemerkte Will und wechselte das Thema. »Und Finns Eltern?«

»Nicht schön«, murmelte Steinbrecher mürrisch: »Die waren von der Situation völlig überfordert. Konnten es nicht fassen, dass ihr Sohn tot ist. Natürlich haben sie keine Ahnung, warum man ihn ermordet haben könnte.«

Ein kurzes Schweigen folgte auf diese Aussage.

»Finn hat immer hart gearbeitet – aber nicht nur in seinem Job oder im Studium!« Steinbrechers Blick wanderte von einem zum anderen. »Er hat auch spekuliert ... an der Börse.«

Einen Moment lang herrschte Stille im Raum, dann fragte Will: »Könnte es sein, dass er sich dabei Feinde gemacht hat?«

Steinbrecher nickte nachdenklich. »Möglich. Erfolg weckt viele Neider. Andererseits schadest du niemandem, wenn deine Aktien steigen oder fallen. Ich denke, wir sollten den Fokus auf sein privates Umfeld legen.«

Bohlan zog die Augenbrauen hoch und fragte: »Wie meinst du das?«

»Finn wechselte öfters die Freundinnen«, erklärte Steinbrecher. »Eifersucht ist, wie wir wissen, ein gutes Motiv ...«

Bohlan stand unvermittelt auf, um in den Unterlagen zu kramen, die auf seinem Schreibtisch lagen. Dann zog er ein Foto hervor und reichte es seinen Kollegen.

»Hier, seht ihr? Das ist von Finns Pinnwand. Vielleicht war das seine aktuelle Freundin?«

Die Stones warfen einen Blick auf das Foto.

»Also Geschmack hatte er jedenfalls«, blaffte Steininger.

»Dann müssen wir nur noch herausbekommen, wer die Dame ist und wie wir sie erreichen können«, sagte Bohlan. »Leider ist Finns Handy ja verschwunden.«

»Möglicherweise könnte uns da tatsächlich Finns Mutter weiterhelfen. Sie hat mir die Telefonnummer einer gewissen Esther Herder gegeben. Sie war angeblich Finns aktuelle Freundin.« Steinbrecher kramte umständlich in seiner Hosentasche. Nach einiger Zeit zog er einen Zettel hervor und strich ihn auseinander.

»Dann gibt es da noch einen Janos. Finns Kumpel. An den sollten wir uns auch unbedingt wenden«, bemerkte Steininger. »Die beiden waren seit Jahren richtig dicke –«

Ein lautes Klingeln unterbrach ihn jäh – alle Ermittler zuckten zusammen.

»Verdammt!«, fluchte Steinbrecher lautstark in die Stille

hinein, weil er sein Handy nicht finden konnte. Erst nachdem das Klingeln verstummt war, zog er es aus der Jackentasche. Es war sein Sohn Julian, der sich mit ihm verabreden wollte.

Tobias Westenbergs Penthouse lag unweit der Frankfurter City direkt am Main. Der Börsenguru stand zusammen mit Patricia Simon am Wohnzimmerfenster. Die beiden genossen den atemberaubenden Ausblick über die Skyline. Westenberg hatte in den letzten Jahren mehrere Börsenbriefe erfolgreich am Markt etabliert, tingelte mit Finanzshows durchs Land und hatte sogar eine eigene Fernsehshow, die wöchentlich auf einem privaten Nachrichtenkanal ausgestrahlt wurde. Überall promotete er Aktien und gab Tipps, in welche man am besten investieren sollte. Er war groß gewachsen und schlank. Die schwarzen Haare kämmte er meist mit Gel nach hinten. Die Wohnung hatte er vor zwei Jahren gekauft. Der Notar hatte bei der Beurkundung des Kaufvertrages mehrfach gefragt, ob er wirklich keine Finanzierungsvollmacht in den Vertrag aufnehmen sollte. Und Tobias hatte dies mit einem Lächeln verneint und den Kaufpreis aus seinen Ersparnissen beglichen.

Patricia hatte er kurz darauf auf einer Party kennengelernt und sich Hals über Kopf in sie verliebt. Sie war klein, beinahe zierlich. An der einen oder anderen Stelle hatte der Schönheitschirurg ein wenig nachgeholfen und optimiert. Aber wen störte das schon. Wenn sie die Straße entlanglief und die blonden Haare im Rhythmus ihres Schrittes auf den Schultern tanzten, drehten sich die Männer reihenweise nach ihr um.

Sie war ähnlich erfolgreich wie er, betrieb ein Internetbusiness und nebenbei einen Influencer-Kanal, auf dem sie vor allem schöne, manchmal aufreizende Bilder veröffentlichte – ein durchaus lukratives Geschäft. Für diesen Kanal war sie viel unterwegs und postete die Orte mit der besten

Instagramability. Erst am Nachmittag war sie von einem Trip nach Frankfurt zurückgekehrt.

Die beiden standen in dem großen, modern eingerichteten Wohnzimmer. Tobias hielt eine Sektflasche in der einen und zwei Gläser in der anderen Hand. Patricia trug ein elegantes Kleid. Am liebsten würde er sie auf der Stelle vernaschen, aber sie waren zu einer großen Party eingeladen und hatten nicht mehr allzu viel Zeit. Tobias bewunderte Patricia. Sie hatte ein ausgeprägtes Selbstvertrauen und eine einnehmende Ausstrahlung. Jetzt lächelte sie Tobias an – ein Lächeln, das alles versprach.

»Auf uns!«, sagte sie leise und hob ihr Glas. Tobias stieß mit ihr an, bevor er das Glas Sekt in einem Zug leerte.

Walter Steinbrecher musterte Esther Herder mit einem prüfenden Blick. Die junge Frau war schlank, hatte braune, kurz geschnittene Haare und grüne Augen. Sie trat im Türrahmen stehend nervös von einem Bein auf das andere und ließ den Kommissar – nachdem dieser seinen Dienstausweis gezückt hatte – herein. Die Wohnung war gemütlich eingerichtet, in warmes Licht getaucht und wirkte aufgeräumt und gepflegt. Da Steinbrecher am späteren Abend in Sachsenhausen verabredet war, lag der Abstecher zum Schweizer Platz auf seinem Weg.

»Danke, dass Sie mich empfangen«, sagte der Kommissar höflich und nahm auf einem roten Samtsofa Platz.

»Ich habe eine schlechte Nachricht für Sie. Es geht um Finn ...«, setzte der Kommissar an. Er war bereits zum zweiten Mal an diesem Tag der Überbringer einer Todesnachricht. »Finn ist tot, er wurde ermordet.«

Esther schluckte hörbar, setzte sich und sah den Kommissar mit leeren Augen an. Ihre Arme zitterten.

»Ich habe schon davon gehört ...«, presste sie zwischen den Zähnen leise hervor.

»Von wem?«

»Seine Mutter hat mich heute Mittag angerufen.«

Hätte ich mir denken können, dachte Steinbrecher und musterte Esther.

»Haben Sie vielleicht eine Zigarette?«, fragte diese. Steinbrecher nickte und zog seine Vorratspackung aus der Lederjacke.

»Ist aber selbst gedreht und ohne Filter.«

Esther griff nach der Zigarette.

»Normalerweise rauche ich nicht, nur gelegentlich«, sagte sie tonlos. Steinbrecher zückte sein Feuerzeug. Esther hielt die Zigarette in die Flamme. Nach zwei, drei Zügen fragte sie: »Was soll ich dazu sagen?«

»Sie waren Finns Freundin!«

»Nicht mehr. Ich habe vor ein paar Wochen Schluss gemacht«, sagte sie zögernd, »weil er mich hintergangen hat.«

Steinbrechers Augenbrauen hoben sich überrascht.

»Was ist passiert?«

»Es ist ... kompliziert.«

Der Kommissar sagte geduldig. »Ich verstehe ...«

Mit komplizierten Beziehungen kannte er sich aus. Julians Mutter und er hatten sich getrennt, als dieser noch klein gewesen war. Jahrelang hatte Steinbrecher keinen Kontakt zu seinem Sohn gehabt. Erst nach dessen achtzehntem Geburtstag war dieser plötzlich in Frankfurt aufgetaucht und hatte sich bei der Polizei beworben.

»Finn konnte sehr charmant sein«, fuhr Esther nach einer Zeit des Schweigens fort, »er hatte so eine Art, Frauen um den Finger zu wickeln – aber er war auch triebgesteuert, hatte viele Affären.«

»Wie hat er darauf reagiert?«, fragte Steinbrecher.

Sie zögerte einen Augenblick lang. Dann seufzte sie schwer. »Er hat versucht, mich umzustimmen. Hat mir

Dinge versprochen ... Aber ich konnte ihm nicht mehr vertrauen.«

»Wie lange waren Sie denn mit ihm zusammen?«

»Ein knappes Jahr.«

Gar nicht einmal so lange, dachte Steinbrecher. Immerhin hatten Finns Eltern Esthers Nummer und waren über die Trennung offensichtlich gar nicht informiert worden.

»Hatten Sie in letzter Zeit noch Kontakt zu ihm?«

»Nur per Whatsapp«, gestand Esther leise.

Der Kommissar lehnte sich zurück und beobachtete sie genau. »Können Sie sich vorstellen, wer Finn ermordet haben könnte?«

Esther blickte ihn verwirrt an. »Keine Ahnung ... nein, beim besten Willen nicht!«

Steinbrecher zündete sich ebenfalls eine Zigarette an. »Ich darf doch, oder?«

»Natürlich.«

Er sog an dem Glimmstängel und blies eine Rauchwolke in den Raum.

»Hatte er mit jemandem Ärger? Oder Feinde?«

Esther zog die Stirn in Falten.

»Nicht, dass ich wüsste!«

»Was haben Sie denn gestern Nacht gemacht?«

»Warum wollen Sie das wissen?«

»Ich muss das fragen, das ist mein Job.«

»Ich habe mich von ihm getrennt, ja – aber deshalb bringe ich ihn doch nicht um!«

Steinbrechers Miene blieb unverändert. »Das beantwortet nicht meine Frage.«

Esther sprang auf und lief energisch durch den Raum. »Ich habe mit ihm abgeschlossen! Ich würde niemals ... Was denken Sie denn von mir?«

»Ich muss jede Möglichkeit ausschließen«, erklärte Steinbrecher kühl. »Und wenn das bedeutet, dass ich Ihnen kritische Fragen stellen muss, dann tue ich das.«

Esther Herder stand jetzt vor dem Fenster, den Rücken zu Steinbrecher gedreht. Sie öffnete das Fenster. »Ich war mit Freunden unterwegs. Erst im Kino, dann in einer Bar.«

Genug Zeit, um auf dem Nachhauseweg einen Abstecher über den Eisernen Steg zu machen, dachte Steinbrecher, behielt diesen Gedanken aber einstweilen für sich. Momentan konnte er sich nicht vorstellen, dass Esther tatsächlich ihren Ex ermordet hatte.

»Können Sie mir die Daten der Personen geben, mit denen Sie unterwegs waren?«

»Klar!« Esther Herder kritzelte einige Namen etwas widerwillig auf einen Zettel.

»Wer war seine Affäre?«, bohrte Steinbrecher nach.

Esther zuckte mit den Schultern. »Keine Ahnung. Niemand, den ich kannte.«

»Sicher?«

»Ja, ganz sicher. Wenn ich's wüsste, würde ich es sagen. Aber Sie müssen doch nur seine Kontakte im Handy durchgehen.«

»Da sind wir dran«, sagte Steinbrecher mit einem Seufzen. Er musste ja nicht jedem auf die Nase binden, dass Finns Handy verschwunden war.

»Wie haben Sie denn von der Affäre mitbekommen?«

Esther sog erneut an der Zigarette.

»Ich habe die beiden in flagranti erwischt.«

»Hm ...«, machte Steinbrecher. Vor seinem inneren Auge lief ein Film ab, den er eigentlich nicht sehen wollte.

Er stand auf: »Danke für Ihre Zeit, Frau Herder. Wir werden uns gegebenenfalls noch einmal melden.«

Wenig später saß Steinbrecher im »Lorsbacher Thal«, einem Ebbelwei-Restaurant in Alt-Sachsenhausen. Vor ihm stand der erste Schoppen. Der Kommissar klappte die

Speisekarte, die er zuvor studiert hatte, zu. Er hatte sich längst für Rippchen mit Kraut entschieden, schob aber die Bestellung hinaus, bis Julian eingetroffen war. Sein Sohn stand im letzten Jahr seiner Polizeiausbildung und schob zurzeit Revierdienst. Die beiden hatten ein gutes Verhältnis und trafen sich regelmäßig. Steinbrecher junior war bei seiner Mutter aufgewachsen und erst nach dem Ende der Schulzeit nach Frankfurt gekommen. Zunächst hatte er bei Steinbrecher gewohnt, bevor er in eine eigene Wohnung in der Römerstadt gezogen war, die er von Julia Wills Freund Alex übernommen hatte.

Am Telefon hatte Julian ziemlich aufgeregt geklungen. Steinbrecher war gespannt, was ihn bedrückte.

Er trank einen Schluck Ebbelwei und lenkte seine Gedanken zum aktuellen Fall. Wer hatte Finn Bauernfeind erstochen und seinen Hals mit Geldscheinen vollgestopft? Noch tappten er und seine Kollegen im Dunkeln. Nur langsam robbten sie sich an das Opfer heran, tauchten nach und nach in sein Leben ein.

»Hallo Papa!«

Julians Begrüßung riss Steinbrecher aus seinen Gedanken. Er stand auf, um seinen Sohn zu umarmen. Er sah ihm die Anspannung an und wusste sofort, dass etwas nicht stimmte. Nachdem sie sich gesetzt hatten, füllte Steinbrecher das zweite Glas mit Ebbelwei aus dem Bembel und kam gleich zur Sache.

»Was ist los?«

Julian atmete tief ein, bevor er antwortete. »Ich werde zu dem Einsatz gegen die Klimaaktivisten im Fecher geschickt.«

»Davon hab ich gehört«, bemerkte Steinbrecher. Seit Wochen liefen polizeiintern die Vorbereitungen für die Räumung des Fechenheimer Waldes, der im Volksmund nur »Fecher« hieß. Dort hatten sich einige Umweltaktivisten in Baumhäusern und Zelten verbarrikadiert, um die Rodung auf dem Gelände zu verhindern, das für den Bau des Riederwaldtunnels vorgesehen war. Für die Räumung wurden Polizisten aus nahezu allen Revieren der Stadt benötigt.

Steinbrecher war sofort das Dilemma klar, in dem sein Sohn steckte. Es war sogar ein doppeltes: Julian sympathisierte mit den Argumenten der Klimaaktivisten, war als Polizist aber dazu verpflichtet, für Recht und Ordnung zu sorgen. Die Besetzung eines Stück Waldes war vielleicht moralisch vertretbar, aber keineswegs legitim. Nicht immer heiligte der Zweck die Mittel. Und dann war da noch Julians Freundin Melli. Sie war in der Klimaszene verwurzelt. Einige ihrer Freunde gehörten zu den Fecher-Besetzern, sie selbst gab dort demnächst ein Konzert und hatte an diversen Demos teilgenommen. Sicher hatten die beiden schon das eine oder andere Mal hitzig über die Situation diskutiert.

»Wenn ich Melli davon erzähle, gibts heftigen Streit!«, bestätige Julian die Gedanken seines Vaters.

Steinbrecher nickte verständnisvoll. In solchen Situationen war es hart, ein Polizist zu sein.

Julian fuhr fort: »Es ist nur so ... ich kann das nicht einfach tun. Ich meine, ich verstehe die Ziele der Aktivisten und Melli ist mit einigen befreundet.«

Die Bedienung trat an den Tisch.

»Willst du noch in die Karte schauen?«

»Nein!« Julian schüttelte den Kopf. »Ich nehme das Gleiche wie du.«

»Dann zweimal Rippchen mit Kraut.«

»Sehr gern!«

Steinbrecher wartete, bis die Bedienung außer Hörweite war.

»Du musst deine Arbeit machen«, sagte Steinbrecher mit ruhiger Stimme.

»Ich weiß ...« Julian seufzte niedergeschlagen.

»Um den Einsatz kommst du nicht herum, aber du kannst versuchen, das mit Melli im Vorfeld zu klären. Sie muss das verstehen. Schließlich ist sie ein intelligentes Mädchen.«

»Ja, schon! Aber sie ist bei manchen Dingen ziemlich radikal – und wenig einsichtig.«

Die Bedienung servierte die Rippchen.

»Vielleicht ist es besser, ihr nichts davon zu erzählen. Schließlich sind wir bei dem Einsatz in voller Montur. Und sie selbst gehört nicht zu den Aktivisten, sie unterstützt sie nur. Vermutlich wird mich keiner erkennen.«

»Hältst du das wirklich für eine gute Idee?«

Steinbrecher schob sich das erste Stück Rippchen in den Mund. Das Fleisch war butterzart.

»Nein«, räumte Julian zerknirscht ein.

»Es wäre nur feige. Sonst nichts.«

Die beiden Männer besprachen eine Weile verschiedene Szenarien zum Einsatz bei den Aktivisten und leerten das eine oder andere Gerippte. Erst sehr viel später machten sie sich auf etwas wackeligen Beinen auf den Nachhauseweg. Die Harley ließ Steinbrecher besser am Straßenrand stehen.

Auf dem Nachhauseweg machte Bohlan einen Abstecher zur Rechtsmedizin in der Kennedyallee. Er parkte den Lupo auf dem Parkplatz vor der Villa, in der das Institut untergebracht war, und betrat das Gebäude durch den Haupteingang. Den Weg zu Dr. Spichals Obduktionssaal kannte er aus dem Effeff. Er klopfte vor dem Eintreten kurz an die Tür, wartete aber nicht auf eine Antwort, sondern drückte die Klinke sofort nach unten. Süßlicher Verwesungsgeruch zwängte sich durch die Türritzen und verstärkte sich nach dem Öffnen. Faulig und intensiv wie Magensäure kroch er in Bohlans Nase und setzte sich dort fest.

Der Rechtsmediziner stand vor einer verwesten Leiche und schaute ärgerlich über seine Schulter zur Tür. Als er Bohlan erkannte, huschte ein Lächeln über sein Gesicht. Er legte sein Diktiergerät zur Seite und machte ein paar Schritte in Richtung Waschbecken.

»Hallo Andreas«, sagte Bohlan und betrachtete die Leiche. »Da hast du ja ein besonders schönes Exemplar.«

Spichal nickte, während er sich die Hände wusch. »Ja, lag schon einige Zeit in seiner Wohnung. Zum Glück konnten wir trotz des derangierten Zustands die Identität feststellen. Wusstest du, dass bei der Hälfte aller Wohnungsleichen überhaupt keine Identitätsprüfung durchgeführt wird?«, erläuterte der Rechtsmediziner mit seiner sonoren Stimme.

»Ja. Ich kann mich noch gut an einen Fall erinnern, als der vermeintliche Tote wieder aufgetaucht ist. Er hatte die Wohnung einem Bekannten überlassen, der darin gestorben war«, sagte Bohlan. »Ist aber schon eine ganze Weile her.«

»Das kommt schon ab und an vor«, pflichtete Spichal ihm bei. »Aber wegen dem da ...« – der Rechtsmediziner machte eine Kopfbewegung in Richtung Leiche – »... bist du sicher nicht gekommen.«

»Nein, es geht um die Leiche vom Eisernen Steg.«

»Das habe ich mir gedacht. Mit der bin ich schon fertig. Die liegt jetzt seelenruhig im Kühlraum.«

Spichal trocknete sich die Hände ab.

»Und?«, fragte Bohlan hastig. »Hast du erste Ergebnisse?«

Bohlans Augen fixierten den Rechtsmediziner. Spichal

trat an den Ablagetisch und blätterte in seinen Mitschriften. Nach kurzer Suche zog er ein Blatt Papier heraus und reichte es Bohlan.

»Der Tod ist zwischen drei und vier Uhr nachts eingetreten«, referierte er.

Bohlan studierte den Obduktionsbericht.

»Ist der Tatort mit dem Fundort identisch?«

»Davon gehe ich aus.«

Bohlan räusperte sich und schaute wieder auf das Papier.

»Das deckt sich mit den Ergebnissen der Spurensicherung. Kannst du etwas zum Tathergang sagen?«

»Eine einzige Stichwunde mitten ins Herz. Der Einstich wurde durch die Kleidung ausgeführt.«

»Hm«, grummelte Bohlan.

»Außerdem scheint es so, als hätte das Opfer den Täter gekannt oder zumindest gesehen«, führte Spichal fort. »Es gibt Anzeichen einer Kampfhandlung sowie Kratzer im Gesichtsbereich. Und ich habe Hautpartikel unter den Fingernägeln gefunden.«

»Na, das ist doch was!«, polterte Bohlan. »Daraus lässt sich was machen.«

»Außerdem haben wir noch Fingerabdrücke am Messer sichergestellt.«

»Prima!«, sagte Bohlan zufrieden.

»Und zwar zwei verschiedene«, fügte Spichal hinzu.

»Zwei verschiedene?«

»Ja, aber die einen sind vom Opfer selbst.«

Vor Bohlans innerem Auge liefen zwei Szenarien ab: Entweder hat das Opfer versucht, das Messer aus der Wunde zu ziehen, oder es hat das Messer vorher in der Hand gehabt. Vielleicht bei dem Kampf, den Spichal angedeutet hatte.

»Für einen DNA-Abgleich brauchen wir das Gegenstück. Das ist also dein Part«, sagte Spichal und holte Bohlan aus den Gedankenspielen in die Realität zurück.

Ein Moment lang herrschte Stille zwischen den beiden.

»Danke, dass du dich so schnell und präzise um die Obduktion gekümmert hast.«

Spichal nickte kurz. »Für dich doch immer.«

»Wollen wir noch eine Ebbelwei zusammen trinken?«, fragte der Kommissar.

»Liebend gern, aber leider bin ich mit dem da noch nicht ganz fertig.« Spichal deutete auf die verweste Leiche. »Aber ich komme ein anderes Mal gern auf dein Angebot zurück.«

4.

Der Tag begann für Julia Will wie jeder andere. Sie stand früh auf, nahm eine heiße Dusche, um anschließend in der Küche einen Kaffee zu trinken und ein halbes Brötchen mit Erdbeermarmelade zu essen. Dann machte sie sich auf den Weg ins Polizeipräsidium. Doch seit Tagen fühlte sich alles anders an. Sie hatte so ein komisches Gefühl im Magen, das einfach nicht verschwinden wollte.

Anfangs hatte sie es darauf geschoben, etwas Schlechtes gegessen zu haben. Oder waren es noch die Nachwirkungen der Party von vor ein paar Tagen? Es war feuchtfröhlich zugegangen. Im schlimmsten Fall hatte sie sich einen hartnäckigen Virus eingefangen.

Sie zog ihre Jacke aus und setzte sich an den Schreibtisch. Zum Glück hatte sie in der Schublade Tabletten für solche Notfälle. Sie drückte eine aus der Verpackung und spülte sie mit einem Schluck Wasser runter. Dann zog sie einen von Finns Ordnern auf den Tisch und blätterte etwas lustlos darin.

Als Bohlan und die Stones eine dreiviertel Stunde später eintrafen, hatte sie die Kontobewegungen der letzten beiden Jahre durchgesehen. Will fühlte sich etwas besser. Die Schmerztablette zeigte Wirkung.

»Hat die KTU gestern noch was zum PC gesagt?«, wollte Will wissen.

»Die sind noch dran«, berichtete Bohlan. »Ich denke mal, da kommt im Laufe des Tages etwas.«

Man sah Bohlan allerdings an, dass er sich davon nicht viel versprach. »Immerhin hat Dr. Spichal schnell gearbeitet. Der Todeszeitpunkt liegt zwischen drei und vier Uhr in der Nacht. Todesursache war – wie bereits vermutet –

ein Messerstich. Alles Weitere steht in dem Bericht.«

Bohlan warf Dr. Spichals Obduktionsbericht auf den Tisch.

»Also lag Finn von vier bis halb sieben tot auf den Treppen am Eisernen Steg, ohne dass das jemand bemerkt hat«, resümierte Will.

»Hm«, machte Bohlan, »oder es nicht gemeldet hat.«

»Ist nicht gerade beruhigend, dass man fünf Stunden mitten in der Stadt tot herumliegen kann, ohne dass sich jemand kümmert.«

»Immerhin hat keiner das Geld geklaut«, entgegnete Steinbrecher süffisant.

In diesem Moment wurde die Tür geöffnet und ein junger Beamter in Schlabberpulli und eingerissenen Jeans stand im Raum. Unter seinem rechten Arm trug er lässig einen PC. Mark Goedert war schon einige Zeit bei der KTU, ein richtiger Nerd, etwas maulfaul aber in Sachen Computer und Internet eine absolute Koryphäe. Goedert stellte den PC auf Bohlans Schreibtisch.

»So, die Passwörter sind geknackt! Ihr habt Zugriff auf alle Daten«, nuschelte er, während er den PC ans Netz anschloss und mit Bohlans Bildschirm verband.

»Na wunderbar!«, stieß Bohlan aus. Er versuchte, freudig zu klingen, obwohl ihm ein oder gar mehrere Tage am PC alles andere als verheißungsvoll vorkamen.

Lautes Klingeln drang in Julian Steinbrechers Ohren. Erschrocken fuhr er aus einem tiefen Traum hervor, tastete im nächsten Moment schlaftrunken nach seinem Handy und schaltete den nervigen Klingelton aus. Dann streckte er den Arm in Richtung Mellis Körper, doch der Platz neben ihm war leer. Aus der Ferne vernahm er das Plätschern der Dusche. Julian drehte sich auf den Rücken. Allmählich ordneten sich die Gedanken in seinem Kopf. Es war gestern Abend spät geworden und er hatte vergessen, den Wecker auszuschalten. Melli hingegen musste früh raus und war vermutlich leise aus dem Zimmer geschlichen, um ihn nicht zu wecken. Momentan liefen ihre Leben aneinander vorbei. Melli jobbte in einem Café. Um nachmittags und abends Zeit für ihr Musikprojekt zu haben, kamen für diesen Job nur die Morgenstunden in Betracht. Julians Leben war von den wechselnden Schichten des Polizeidienstes bestimmt.

Er zog die Decke über den Kopf, um die Lichtstrahlen zu verdrängen, die ihren Weg durch die Rollladenritzen fanden. Vielleicht klappte es ja, noch einmal einzuschlafen! Doch dann fiel ihm ein, dass neues Ungemach drohte. Er überlegte, wann ein günstiger Zeitpunkt für sein Geständnis wäre. Viel Zeit blieb nicht. Und je länger er wartete, umso mehr würde das Thema ihn belasten.

Das Plätschern im Bad verstummte. Melli hatte die Dusche abgestellt. Kurz darauf öffnete sich die Tür des Badezimmers und Melli schlich auf leisen Sohlen ins Schlafzimmer. Julian blinzelte und sah ihre Silhouette im Lichtschein der Flurlampe. Sie sah wie immer verführerisch aus. Bei diesem Anblick verließ Julian der Mut. Zudem steckte ihm die gestrige Schicht in den Knochen. Nein, heute war kein guter Tag für solch ein Thema. Dazu musste er ausgeruht sein.

Im Polizeipräsidium war Tom Bohlan gerade dabei, sich mit Finns Computer vertraut zu machen, als sein Handy klingelte. Vom Display lachte ihm Tamaras Konterfei entgegen. Der Kommissar nahm das Gespräch an und flötete ein »Guten Morgen« ins Gerät. Julia Will und Steinbrecher warfen sich einen amüsierten Blick zu.

Seit einigen Jahren war Bohlan mit Tamara liiert. Aller

Erwartungen zum Trotz hatte sich die Beziehung als stabil herausgestellt. Als sie sich kennenlernten, hatte Tamara in Berlin gewohnt und war dabei, in Frankfurt den Haushalt ihrer verstorbenen Eltern aufzulösen. Mittlerweile hatte sie längst eine Wohnung in der Mainmetropole und war nur noch ab und an in Berlin. Von ihrem Mann lebte sie getrennt, die Kinder waren groß und gingen ihre eigenen Wege.

Damals hatte Bohlan im Mordfall um die Witwe des sagenumwobenen Apfelweinkönigs Heinz Wagenknecht ermittelt. Widersacher aus dem Apfelwein-Imperium hatten seine Witwe mittels eines an einer Drohne befestigten Gewehrs erschossen – einer der spektakulärsten Morde seiner Dienstzeit. Natürlich waren die Ermittlungen durch permanente Berichterstattung der Boulevardpresse begleitet gewesen. Bohlan musste innerlich mit dem Kopf schütteln. Es gab immer wieder neue Methoden, um unliebsame Konkurrenten aus dem Weg zu räumen. Damals hatte Tamara ihm einen emotionalen Vortrag über den vielen Zucker gehalten, den die Lebensmittelkonzerne ins Essen mischten. Und er hatte sich in ihre impulsive Art, die blonde Mähne und die grünen Augen verliebt. Im Grunde spräche nichts dagegen, dass sie zu Tom aufs Boot zog. Aber er liebte seine Freiheit und sie ihren Rückzugsort. Und dann war da ja noch die Polizeiarbeit, die so manch geordneten Alltag durcheinanderbrachte.

»Du denkst an heute Abend?«, hörte Bohlan Tamaras Stimme aus dem Handy fragen.

»Natürlich«, flunkerte er geistesabwesend und überlegte fieberhaft, was er nicht vergessen haben sollte.

»Wunderbar. Soll ich dich abholen oder treffen wir uns vor der Tanzschule?«

Bohlan wurde heiß und kalt. Verdammt, der Tanzkurs! Begann der etwa heute schon? Vor ein paar Wochen hatte er Tamara leichtfertig zugesagt. Dass der Kurs so bald darauf stattfinden würde, hatte er verdrängt.

»Tom? Bist du noch dran?«, schallte es aus dem Lautsprecher.

»Ja, natürlich. Ich überlege nur, was besser ist. Wir stecken gerade mitten in dem Eisernen-Steg-Mordfall …«

»Du wirst das jetzt nicht absagen!« Tamaras Stimme hatte einen Tonfall, der zwischen genervt und resolut zu verorten war.

»Selbstverständlich nicht«, versicherte Tom süßholzraspelnd, um jede aufkommende Gewitterwolke im Ansatz zu vertreiben.

»Dann hole ich dich im Präsidium ab, das scheint mir am sichersten zu sein!«

»Ja, aber was mache ich dann mit dem Lupo?«, fragte Bohlan, obwohl er wusste, dass diese Erwiderung vergeblich sein würde.

»Sieben Uhr! Und sei pünktlich unten!«, war das Letzte, was Tom vernahm, bevor Tamara das Gespräch beendete.

Der Kommissar legte das Handy zurück auf den Schreibtisch und wandte sich wieder dem Bildschirm zu, doch Wills Lachen brachte ihn von seinem Vorhaben ab.

»Was ist?«, grantelte Bohlan.

»Hast du schon wieder ein Date vergessen?« Julia grinste.

»Nein, ich habe alles im Griff. Wie immer.«

»Alles im Griff – auf dem sinkenden Schiff«, summte Steinbrecher und erntete einen missmutigen Blick.

»Komm schon, Tom, mir kannst du kein X für ein U vormachen. Du hast es vergessen. Um was geht es eigentlich?«

»Tanzkurs!«, zischte Tom mühsam durch die Zähne.

Julia Will lachte laut auf.

»Tanzkurs«, echote Steinbrecher süffisant. »So richtig mit Abschlussball und Tamtam?!«

»Macht euch nur lustig, auf dem nächsten Polizeiball werdet ihr dumm aus der Wäsche gucken.« Bohlan stand auf, um sich einen Kaffee zu holen.

»Seit wann gehst du auf den Polizeiball? Warst du überhaupt jemals dort?« Steinbrecher schmiss die Tabakpackung auf den Tisch und leckte über ein Zigarettenpapier.

»Wo macht ihr den Kurs?«, wollte Julia wissen.

Bohlan goss den Kaffee in eine Tasse und trug sie zurück zu seinem Platz.

»Motsi Marbuse in Kelkheim. Ist so 'n Fernsehsternchen. Let's Dance und so.«

»Ich kenne nur Dr. Marbuse«, scherzte Steinbrecher.

»Aber die wird natürlich nicht den Kurs leiten«, versicherte Bohlan unbeirrt.

»Glück für dich!«, sagte Steinbrecher. »Sonst musst du am Ende noch zu Let's Dance.«

»Und was für ein Kurs ist es?«, hakte Julia nach.

»Discofox meets Salsa – alles Partytänze, sozusagen«, rezitierte Tom den Werbeflyer, den ihm Tamara vor ein paar Wochen unter die Nase gehalten hatte.

»Interessant«, murmelte Julia.

»Ihr könnt euch ja auch anmelden, Alex freut sich bestimmt.«

Julia verzog das Gesicht. »Vielleicht.«

Bohlan trank einen Schluck Kaffee. Wenigstens war der heute ordentlich kräftig und nicht so eine laue Brühe wie die vergangenen Tage.

»Soll ich das mit der Computerrecherche übernehmen?«, bot Julia an, die sich immer noch nicht richtig fit fühlte.

»Meinst du das ernst?«, fragte Bohlan überrascht und sah plötzlich einen Silberstreifen am Horizont. Vielleicht würde es doch kein Tag hinterm Rechner werden. »Wie kommt es zu dem Angebot?«

»Du hast einen anstrengenden Abend vor dir und Computer sind sowieso nicht so dein Ding, oder?«

Julia hatte vollkommen recht. Nichts hasste Bohlan mehr, als am Schreibtisch zu sitzen, Berichte zu schreiben oder in irgendwelchen Computerdateien zu stöbern. Davon abgesehen brauchte er dafür auch viel länger als seine jüngeren Kollegen, die den Umgang mit Computern quasi mit der Muttermilch aufgesogen hatten.

»Okay, danke für dein Angebot!«, sagte Bohlan lächelnd. »Dann kann ich mit Steinbrecher noch einmal zu Finns Wohnung fahren. Vielleicht finden wir da doch noch etwas.«

Eine Autofahrt quer durch die Frankfurter City später parkte Bohlan den Lupo zwischen zwei Platanen in der Schäfflestraße. Die Fahrt zum Riederwald hatte heute deutlich weniger Zeit in Anspruch genommen. Steinbrecher begleitete ihn und hatte dafür seine Harley im Präsidium stehen gelassen.

»Dann wollen wir mal«, raunte Bohlan, im Begriff die Wagentür zu öffnen, hielt aber in seiner Bewegung inne.

»Was hast du?«, fragte Steinbrecher.

Bohlan deutete in Richtung Wohnhaus. Dort trat ein junger, sichtlich nervöser Mann von einem Bein aufs andere. Immer wieder starrte er an der Fassade nach oben. Jetzt betätigte er die Klingel, wich zwei, drei Schritte zurück und schaute wieder nach oben.

»Siehst du den Typ da?«

Steinbrecher wandte den Kopf. »Den mit der Jeansjacke?«

»Ja, genau.«

»Was ist mit dem?«

»Ich glaube, der hat das gleiche Ziel wie wir.«

»Woher willst du das wissen?«

»Intuition. Der hat mehrfach geklingelt, nun beobachtet er das Haus und lungert scheinbar unbeteiligt herum.« Bohlan ließ seinen Blick nachdenklich die Straße entlang in Richtung Torbogen gleiten. »Willst du nicht vielleicht eine Zigarette rauchen?«

Steinbrecher sah Bohlan irritiert an. »Seit wann forderst du mich zu einer Zigarettenpause auf?«

»Du weißt, die Arbeitsvorschriften. Jeder hat Anrecht auf regelmäßige Pausen, vor allem Raucher.« Bohlan zwinkerte ironisch.

»Na ja, egal.« Steinbrecher steckte sich eine Zigarette aus seinem Vorrat in den Mundwinkel, stieg aus und zündete sie an. Gelassen schlendert er die Straße entlang, sog an der Zigarette und aschte ein paar Schritte später auf den Asphalt.

Bohlan richtete seinen Blick wieder auf den Jeansjackenträger. Der lehnte betont lässig an einer Laterne und tippte auf dem Display seines Handys herum. Jetzt hielt er es sich ans Ohr und schaute Steinbrecher hinterher, der ein paar Meter weiter stehen geblieben war. Steinbrecher erwiderte den Blick. Einen Moment zu lang, dachte Bohlan. Der junge Mann steckte das Handy in die Jacke, drehte sich unvermittelt um und steuerte hastig auf einen alten Polo zu, der auf der gegenüberliegenden Straßenseite geparkt war. Bohlans Hand glitt in Richtung Zündschlüssel. Der Kommissar wollte für den Fall gewappnet sein, dass sich der Polo in Bewegung setzte. Doch statt loszufahren, versank die Jeansjacke hinterm Lenkrad.

Irgendwas stimmt mit dem nicht, dachte Bohlan. Erst strolcht er ums Haus, dann flüchtet er in seinen Wagen, will aber nicht wegfahren. Alles höchst verdächtig! »Ich glaube, den knöpfen wir uns einmal vor!«, murmelte der Kommissar vor sich hin.

Janos Hellwig reagierte spät. Zu spät!

Als er die beiden Männer auf seinen Wagen zurennen sah, war er viel zu perplex, um den Motor zu starten. Stattdessen verharrte er gelähmt wie ein Kaninchen vor der Schlange hinterm Lenkrad. Als er bereit war, die Kupplung durchzutreten und den Zündschlüssel zu drehen, wurden beide Türen aufgerissen. Der glatzköpfige Mann zerrte ihn aus dem Wagen, während der andere, der kurz zuvor friedlich eine Zigarette geraucht hatte, sich auf den Beifahrersitz zwängte und den Zündschlüssel an sich nahm.

»So, Bürschchen, jetzt unterhalten wir uns einmal ein paar Takte«, rief der Glatzkopf, der sich als Kommissar Bohlan vorstellte und ihm seinem Dienstausweis unter die Nase hielt.

»Was wollen Sie von mir?!«, fragte Janos und war versucht, möglichst unbeteiligt zu klingen. Immerhin hatte er sich nichts zuschulden kommen lassen. Er hatte Finn einen Besuch abstatten wollen. Doch sein Kumpel war weder anwesend noch erreichbar – und das seit vorgestern. Man wird doch noch friedlich in seinem Wagen hocken dürfen! Trotzdem schlug sein Herz wie wild und der Puls raste.

Der Kommissar ließ von ihm ab, blieb aber mit verschränkten Armen vor ihm stehen. Der andere lief um den Polo herum und schlug die Fahrertür zu.

»Wir fragen uns, warum du die ganze Zeit hier vor dem Haus herumlungerst.«

»Ich warte auf jemanden. Ist das etwas verboten?«, antwortete Janos.

»Auf wen denn?«

»Ich wüsste nicht, was Sie das angeht!«

»Hör zu, Freundchen! Wir können dich auch mit aufs Präsidium nehmen, wenn dir das lieber ist.«

»Sind Sie dazu einfach so berechtigt?«, stieß Janos aus.

Da sich die Miene des Kommissars verfinsterte, schob er ein kleinlautes »Ich mein ja nur!« hinterher.

»Also!«

»Ich warte auf einen Freund. Finn. Der wohnt da im Haus.« Janos deutete mit dem Kinn über seine Schulter hinweg.

»Auf den kannst du lange warten«, sagte Bohlan.

»Wieso?«

»Weil er tot ist.«

»Tot? Finn? Sie machen Scherze!«

»Eigentlich nicht. Jedenfalls nicht im Dienst.«

Bohlan musterte den jungen Mann, aus dessen Gesicht jede Farbe gewichen war. Überhaupt sah er nicht mehr besonders stabil auf den Beinen aus.

»Deswegen erreiche ich ihn wohl auch nicht!«, stammelte Janos. »Was ist denn passiert?«

»Eins nach dem anderen«, erwiderte Bohlan. »Wir nehmen erst einmal deine Personalien auf.«

Janos, von der Todesnachricht äußerst geschockt, gab jeden Widerstand auf und zog bereitwillig sein Portemonnaie aus der Hosentasche. Kurz darauf hielt er Bohlan einen Ausweis hin.

Sieh einmal an!, dachte Bohlan. Manchmal fügen sich die Teile eines Puzzles wie von selbst zusammen.

»Sieht so aus, als könnten wird uns den Weg nach Heddernheim heute sparen«, raunte er Steinbrecher zu. »Das hier ist Janos Hellwig!« Der junge Mann sah Bohlan irritiert an, doch dieser fuhr unbeirrt fort: »Woher kanntest du Finn?«

»Wir kennen uns schon ewig. Den Kindergarten und die ganze Schulzeit haben wir zusammen durchgestanden. Auch danach blieben wir befreundet. Nicht wie bei den anderen ...«

Bohlan zog die Augenbrauen fragend nach oben.

»Nach der Schule lebt sich vieles auseinander. Jeder geht seine eigenen Wege. Kennen Sie das nicht?«

Bohlan überlegte kurz, mit wie vielen Klassenkameraden er noch Kontakt hielt. Es reichte eine Hand, um sie abzuzählen. Abgesehen von den Klassentreffen, die alle Jubeljahre stattfanden.

»Und jetzt soll er tot sein?« Janos schüttelte ungläubig den Kopf.

»Wann hast du ihn denn zum letzten Mal gesehen?«

Janos überlegte kurz. »Vor zwei Tagen, da waren wir was trinken.«

Bohlan kritzelte ein paar Notizen in sein Heft.

»Was genau ist denn passiert?«, hakte Janos nach.

»Finn wurde am Eisernen Steg erstochen«, sagte Steinbrecher.

»Erstochen?!«, echote Janos. »Das ist ja furchtbar! Wissen seine Eltern schon Bescheid?«

»Ja.«

»Haben Sie schon irgendwelche Anhaltspunkte?«

»Wir ermitteln in alle möglichen Richtungen. Aber nein, bisher gibt es nichts Konkretes«, räumte Bohlan ein.

»Hatte er Feinde?«, fragte Steinbrecher.

Janos zog die Stirn in Falten.

»Nebenbuhler, berufliche Konkurrenten ...« Bohlan versuchte, ihm auf die Sprünge zu helfen.

»Nein, er war überall beliebt.«

»Freundin?«

»Ja, Esther.«

»Esther Herder? Ich dachte, da sei Schluss«, konterte Steinbrecher. »Angeblich soll er schon eine Neue gehabt haben.«

»Davon weiß ich nichts. Ist aber gut möglich. Finn hatte ständig was laufen«, stammelte Janos. Seine Augen irrten ziellos hin und her.

»Hm, okay...«, sagte Bohlan nachdenklich, während er weitere Notizen machte. »Warum genau stehst du hier?«

»Wir waren eigentlich auf einen Kaffee verabredet. Er hat nicht aufgemacht. Ich dachte, dass er vielleicht noch kommt. Und auf dem Handy war er nicht zu erreichen.«

»Gut«, sagte Bohlan. »Ich denke, das war es fürs Erste. Ich schreibe mir noch deine Handynummer auf für den Fall, dass es noch Nachfragen gibt.«

Janos diktierte eifrig seine Nummer. Dann klappte Bohlan sein Notizheft zu und die beiden Kommissare verabschiedeten sich.

Als Bohlan den Schlüssel ins Schloss der Haustür steckte, lenkte Janos den Polo auf die Straße. Bohlan sah den Rücklichtern nach, bis sie durch den Torbogen in Richtung Borsigallee verschwanden. Der hat es plötzlich ziemlich eilig, dachte der Kommissar.

5.

Janos Hellwig lenkte den Polo wie paralysiert durch den Torbogen. Er musste weg von diesem Ort. Weg von Finns Wohnung. Weg von der Polizei. Seine Beine waren weich wie Butter und seine Arme zitterten. Auto fahren war in diesem Zustand nicht die allerbeste Idee. Geistesgegenwärtige bog er in Richtung Eintrachtgelände ab und parkte dort. Der Riederwald war der Stammsitz der Eintracht – auch wenn die Profis längst direkt am Waldstadion trainierten und dort ein modernes Trainingszentrum hatten. Die Jugendmannschaften spielten immer hier. Janos schaltete den Motor aus, blieb aber hinter dem Lenkrad sitzen und schlug die Hände vors Gesicht.

Die Ereignisse der letzten Wochen hingen ihm schon einige Tage nach. Nachts verwoben sie sich in seine Träume. Sie schreckten ihn immer wieder auf mit Gedanken, die nur in der Logik einer erdachten, surrealen Welt Sinn ergaben. Wie ferngesteuert durchlebte er die Tage, pumpte Unmengen an Kaffee in sich hinein. Manchmal träumte er von seiner Zukunft. Sah sich in einem Einfamilienhaus irgendwo im Grünen mit einer attraktiven Frau an seiner Seite und zwei kleinen Kindern, die im Garten tobten. Doch bis dahin war es noch ein langer Weg. Eigentlich stand Büffeln für sein Jurastudium auf dem Programm. Viele seiner Kommilitonen fuhren dazu in die Unibibliothek. Diese war schön und neu. Man konnte sich in den Pausen mit anderen Studenten verabreden oder in einer der vielen Mensen ein erstaunlich leckeres Essen ergattern. Janos hingegen bevorzugte es, zu Hause zu lernen. Hier hatte er Ruhe, konnte zwischendurch den Haushalt erledigen oder kurz im Internet surfen. So auch an jenem Tag vor ein paar Monaten, an dem der ganze Wahnsinn seinen Anfang genommen hatte. Er konnte sich noch genau an den Moment erinnern, an dem er den Laptop aufgeklappt und sein E-Mail-Programm aufgerufen hatte. Schon beim Überfliegen der Überschriften war er stutzig geworden. Die meisten Werbemails klickte er kurzerhand weg. Doch ein Betreff war so verlockend, dass er draufklickte: »Wie Sie aus 10.0000 Euro Einsatz innerhalb von nur 12 Monaten 1 Million Euro machen können«.

Skeptisch und doch fasziniert las Janos den Text. Die Methode schien einfach. Man müsste lediglich das Musterdepot eines Tobias Westenberg eins zu eins nachbilden. Dann könnte man mit geschicktem Trading von Aktien, Kryptowährungen und anderen Finanzprodukten enorm viel Geld verdienen. »Werden Sie innerhalb von nur zwölf Monaten Millionär, garantiert!« Immer wieder blinkte der Text werbewirksam an vielen Stellen auf.

Konnte das wirklich stimmen? War es tatsächlich möglich innerhalb so kurzer Zeit derartige Gewinne zu realisieren?

Janos war ein rationaler Typ, jemand, dem man nicht so leicht ein X für ein U vormachen konnte. Er hinterfragte immer alles, war davon überzeugt, den Durchblick zu haben. Doch die Zeilen, die er las, klangen zu verlockend.

»Werden Sie innerhalb von nur zwölf Monaten Millionär, garantiert!«

Immer wieder mäanderte dieser Satz durch seine Gedanken, übernahm die Kontrolle über sie. Innerhalb kürzester Zeit hatte sich der Text in sein Gehirn katapultiert und festgesetzt.

Janos war 25 Jahre alt und studierte Jura an der Frankfurter Universität. Die Prüfungen und Scheine hatte er alle bestanden, ohne sich einen Zacken aus der Krone zu brechen. Seine Noten waren okay, wenn auch nicht überdurchschnittlich. Er engagierte sich lieber im Fußballverein, spielte in der ersten Mannschaft und trainierte ein Schülerteam, Letzteres mit ordentlichem Erfolg. Seine Jungs waren Spitzenreiter in der Tabelle und hatten in dieser Saison bislang kein Spiel verloren.

Vor einiger Zeit hatte er sich für ein Repetitorium angemeldet. Seitdem saß er mehrmals die Woche im Saal des Bürgerhauses Bockenheim. Im Gegensatz zu den Professoren an der Uni wurde bei den Privatpaukern alles knallhart auf den Punkt gebracht, die Probleme in den Aufgabenstellungen erkannt und ratzfatz abgearbeitet. Sie schwafelten nicht lange über alle möglichen Theorien und Mindermeinungen. Es war eine lösungsorientierte Strategie. Seitdem hatte er den Durchblick, den er das ganze Studium lang vermisst hatte. Das Dunkel der Zusammenhänge lichtete sich allmählich.

Einen Haken hatte die Sache: Das Repetitorium war teuer. Zum Glück hatte seine Oma ihm ein wenig Kleingeld geschenkt. Das deckte zwar die Kosten, aber es war trotzdem beängstigend, wie die Ersparnisse auf seinem Konto langsam abschmolzen wie ein Gletscher in der Klimakatastrophe.

»Werden Sie innerhalb von nur zwölf Monaten Millionär, garantiert!«

Die E-Mail mit der verheißungsvollem Renditemöglichkeit hatte ihm Finn weitergeleitet, was ihr eine gewisse Seriosität verlieh.

Noch zweifelte Janos. Wäre die Nachricht nicht von Finn gekommen, hätte er sie vermutlich achtlos gelöscht. Finn aber vertraute er. Der würde ihm keine faulen Eier ins Nest legen. Dafür kannten sich die beiden zu lange, hatten schon zu viel zusammen durchgestanden: den Kindergarten, die unbesorgte Grundschulzeit, später die Jahre auf dem Gymnasium mit all den Wirrungen der Pubertät, dem Leid und der Freude der ersten Liebschaften.

Was finanzielle Dinge anging, war Finn weitaus beschlagener – schon immer. Er hatte eine Banklehre absolviert und studierte jetzt an der Bankakademie. Mit Aktien und Geldanlagen kannte er sich aus.

»Werden Sie innerhalb von nur zwölf Monaten Millionär, garantiert!«

Trotzdem blieben Restzweifel. Funktionierte das wirklich?

Zum wiederholten Male las er den Text. Dann griff er zum Telefon und wählte Finns Nummer.

»Hast du meine Mail schon gelesen?« Finn kam gleich zur Sache.

»Ja, aber kannst du dir vorstellen, dass so etwas wirklich klappen kann?«, fragte Janos skeptisch.

»Warum nicht? Viele Leute sind allein mit Bitcoins reich geworden.«

»Ich weiß nicht ...«, antwortete Janos und runzelte die Stirn.

»Es ist deine Entscheidung«, sagte Finn. »Ich kann dir nur einen Tipp geben, investieren musst du selbst!«

Finn dozierte eine Weile lang über alle möglichen Anlagestrategien, bis Janos der Kopf schwirrte. Nachdem das Gespräch beendet war, lief er grübelnd im Zimmer auf und ab. Finns Argumente leuchteten ihm ein: Wer vor zehn Jahren in Bitcoins investiert hatte, war jetzt ein gemachter Mann. Finn hatte von einem Kumpel erzählt, der all seine Ersparnisse in die Kryptowährung gesteckt hatte. Alle hatten ihn für verrückt erklärt und jetzt besaß er mehrere Villen.

Es gab immer diese Möglichkeiten. Man musste zum richtigen Zeitpunkt seine Chancen ergreifen. Es war wie bei einer Wette oder einem Lottotipp.

Wie leicht wäre es für einen Zeitreisenden, ein Vermögen aufzubauen. Ein paar Jahre in die Zukunft reisen, sich die Märkte anschauen und dann wieder zurückkehren und die richtigen Währungen oder Aktien kaufen. Was für ein famoser Plan – leider fernab jeder Realität!

Aber es gab Menschen mit dem richtigen Riecher, Trüffelschweine hatte Finn sie genannt. Auf der anderen Seite gab es mindestens genauso viele Scharlatane, die es einzig und allein darauf anlegten, anderen mit dubiosen Tricks das Ersparte aus der Tasche zu ziehen. Man musste jemanden kennen, dem man vertrauen konnte. Finn behauptete, so einen gefunden zu haben. Für Janos war das die Möglichkeit, rechtzeitig auf den anfahrenden Zug aufzuspringen. Diese Chance musste er ergreifen.

Bereits am Abend fand eine Veranstaltung statt, in der Tobias Westenberg auftrat. Von Westenberg hatte Finn in den Tagen davor schon oft geredet, nahezu geschwärmt. Janos sagte der Name nichts, aber laut Internet war Westenberg so etwas wie ein Finanzguru. Er hatte sogar eine eigene Fernsehshow in einem Privatsender. Dort empfahl er Aktien und erklärte seine Anlagetipps.

Es konnte also nicht schaden, sich den Kerl einmal live anzusehen.

Finn hatte Karten für die Veranstaltung ergattert, was nach seinen Ausführungen alles andere als leicht gewesen war.

Janos legte das Handy zur Seite. Bis zum Nachmittag arbeitete er die Juralektionen ab, machte dann einen Abstecher ins Fitnessstudio. Gegen halb acht verließ er die S-Bahn und sah sich suchend um. Schon von Weitem sah er Finn am Ende des Bahnsteigs auf ihn warten. Janos beschleunigte den Schritt. Als er seinen Freund erreichte, sprang dieser wie ein Flummi hin und her und umarmte ihn. Janos erinnerte sich an eins der ersten Konzerte, die sie miteinander besucht hatten. Damals hatten sie dem Ereignis tagelang entgegengefiebert. Ähnlich wirkte Finn jetzt. Er hatte sogar zwei Dosen Red-Bull-Wodka dabei, die er aus seinem Rucksack zauberte und die sie auf dem Weg zum Veranstaltungsort, einem Hotel in der Bürostadt Niederrad, wie Wasser wegkippten. Dabei quasselte Finn unentwegt.

Vor dem Eingang hatte sich eine Schlange gebildet. Die beiden reihten sich ein, vertrieben sich die Zeit, indem sie über dies und das redeten und Pläne fürs Wochenende schmiedeten. Irgendwo würde bestimmt eine coole Party mit hübschen Mädchen steigen, hoffte Finn.

Am Eingang wurden sie von zwei Security-Männern abgetastet und konnten endlich den Saal betreten. Die Stühle standen dicht an dicht, viele waren bereits besetzt. Auf der Bühne kündigten riesige Stellwände Westenbergs Auftritt an. Überall herrschte aufgeregtes Gebabbel und Gequassel. Jemand hinter ihnen sprach von »supergeilen Vibrations«.

Die Zeit bis zum Beginn schlich einerseits quälend langsam dahin, andererseits heizte sich die Stimmung unter den Anwesenden auf merkwürdige Art und Weise mehr und mehr auf – wie ein Kochtopf, in dem das Wasser langsam zu sieden begann. Als das Licht gedimmt wurde, brandete Gejohle auf, gefolgt von blitzendem Scheinwerferlicht in allen Farben. Eine Stimme aus den Lautsprechern zählte donnernd einen Countdown. Alle Zuschauer stimmten ein: Fünf, vier, drei, zwei, eins …

Gleißend helles Licht beleuchtete plötzlich die Bühne und Tobias Westenberg, im dunklen Anzug mit weißem Hemd bekleidet, betrat den Raum, untermalt von lauter Popmusik. Der Saal kreischte und trampelte minutenlang. Westenberg winkte ins Publikum und grinste über sein ganzes sonnengebräuntes Gesicht. Die schwarzen Haare waren mit Gel nach hinten gekämmt. Er hob mehrfach beschwichtigend die Hände, versuchte Ruhe ins Publikum zu bringen – und doch sah man ihm an, wie er die Minuten des Jubels genoss, wie er sich in der Aufmerksamkeit und der ihm schon jetzt entgegengebrachten Bewunderung sonnte.

Tobias Westenberg war ein Popstar – ohne dafür Musik machen zu müssen.

Als sich der Jubel gelegt hatte, begann er seinen Vortrag. In leicht verständlichen Worten referierte er über die Kunst des Aktienhandels. Malte zugleich Bilder eines unbeschwerten Lebens in Reichtum und Glück. Sprach von Geld, das auf der Straße lag. Fragte immer wieder, ob alle bereit seien, das Glück anzunehmen. Denn das müsse man. Bedingungslos auf ihn vertrauen, seine Empfehlungen umsetzen, sein Wissen nutzen. Natürlich waren alle im Saal dazu bereit. Sie klebten an seinen Lippen. Sie schrien »Ja!«, wenn er es verlangte. Jubelten, wenn er sie dazu animierte. Westenberg war ein Charismatiker. Und die Zahlen seines Depots, die Projektoren an die Wand warfen, sprachen sowieso für sich. Wenn jemand Zweifel an seinen Worten gehabt hätte, wurden sie durch die Zahlen schonungslos zerstreut.

Auch Janos wurde mehr und mehr von dem Feuer ergriffen, das Westenberg entzündete. Der Gedanke an endlose Reichtümer brannte in ihm wie nie zuvor – obwohl eine Stimme in seinem Kopf immer wieder raunte: »Was, wenn es nicht klappt? Dann bist du deine zehntausend Euro los!« Doch er verdrängte die Zweifel und fasste den Entschluss, Westenbergs Musterdepot zu kopieren.

In den folgenden Wochen hatte Janos jede Anweisung im Musterdepot mit Spannung erwartet. Welche Aktie wurde gekauft oder verkauft? Wie entwickelten sich die

Papiere in den folgenden Tagen? Seine Gefühle schwankten ständig zwischen Hoffen und Bangen: Würde er Millionär werden oder am Ende doch alles verlieren?

Die ersten Aktien, die er kaufte, waren die von Unternehmen aus der zweiten Reihe. Sie gehörten dem MDAX an. Sie entwickelten sich gut, aber nicht so exorbitant, wie er zunächst erwartet hatte. Als Nächstes kaufte er einige Kryptowährungen. Nachdem er in den ersten Wochen nur wenig Profit gemacht hatte, fing es an, richtig gut zu laufen. Die Gewinne stiegen und bald hatte er bereits zweitausend Euro verdient.

Westenberg feierte sein Depot regelmäßig in den täglichen Mails und versprach, dass dies alles nur der Anfang sei. Demnächst werde er eine Aktie präsentieren, die das Depot auf ein ganz anderes Level heben würde. Die Aufnahme dieser Aktie könne jeden Tag erfolgen, er warte auf einen günstigen Einstiegszeitpunkt, um den maximalen Erfolg herauszuholen. Man solle sich bereithalten und jeden Tag die Mails zeitnah lesen, denn entscheidend sei immer der Einkaufszeitpunkt der Aktien.

Westenbergs Mails kamen meist gegen Abend. Manchmal sogar kurz vor Schluss des Onlinehandels. Janos bemühte sich, dann immer zu Hause zu sein, und fieberte den Anweisungen regelrecht entgegen.

Und dann endlich war es so weit: Kurz vor Börsenschluss traf die lang ersehnte Mail ein. Mit zitternden Händen öffnete Janos sie und verschlang jeden Satz:

Lieber Janos,
ich habe hier eine ungewöhnliche Empfehlung für dich: Die Goldmienenaktie »Hypermines« ist im Moment sehr billig zu haben und ich bin mir sicher, dass ihr Preis bald in astronomische Höhen schnellen wird. Nimm diese Chance wahr!

Viel Erfolg!
Tobias Westenberg

Janos' Herz raste bei diesen Worten. Es war seine große Chance! Doch als er einen Blick auf den aktuellen Kurs der Aktie warf, wurde ihm mulmig zumute. Der Wert lag bei einem Bruchteil dessen, was andere Goldminenaktien kosteten. Er wurde unsicher, erinnerte sich an den Ratschlag seines Bankberaters, die Finger von solchen Pennystocks zu lassen. Doch dann fasste er einen Entschluss: Er würde Westenberg blind vertrauen! Er loggte sich kurzerhand in seinem Onlinedepot ein und orderte Westenbergs neueste Empfehlung. Allerdings kaufte er weit mehr, als der Aktienguru empfohlen hatte, und verband dies mit dem Entschluss, bei einer Verdopplung des Einstiegskurses die Reißleine zu ziehen und wieder zu verkaufen.

Als Janos am nächsten Morgen aufwachte und nachsah, wie sich seine neu erworbene Investition entwickelt hatte, stockte ihm der Atem. Der Kurs war über Nacht in die Höhe geschossen.

»Westenberg ist ein Genie!«, schrie Janos vor Freude laut heraus. »Ich könnte ihn umarmen!«

Die nächste Mail von Westenberg bestärkte ihn. Der Börsenguru beglückwünschte alle Leser seiner Mailingliste zu den erzielten Gewinnen und versprach, dass dies nur der Anfang sei. Denen, die gezögert hatten, riet er zum Einstieg, auch wenn es nicht mehr der perfekte Zeitpunkt sei, aber er glaube nicht, dass die Aktie nochmals so weit sinken würde.

In den nächsten Tagen kletterte der Kurs immer weiter, zwar gab es hin und wieder kleinere Rücksetzer, aber diese schienen nur von Anlegern genutzt zu werden, um doch noch einzusteigen oder den Bestand zu erhöhen.

Janos saß vor seinem Computer und starrte auf den

Bildschirm. Die Aktie der Goldmine hatte ihm schon hundert Prozent Gewinn beschert. Vielleicht wäre das jetzt der richtige Zeitpunkt zum Verkaufen? Mit dem Geld käme er locker übers Jahr und könnte sich voll und ganz aufs Examen konzentrieren.

Aber Tobias Westenberg riet in seinen Mails dazu, die Aktie zu halten, da sehr gute News in der Pipeline steckten. Es gäbe Bodengutachten, nach denen die Goldvorkommen viel größer seien, als zunächst angenommen. Deshalb rechnete Westenberg mit weiter steigenden Kursen und warnte in seinen Mails: »Wenn du jetzt verkaufst, verpasst du höhere Gewinne!«

Janos beschloss, Finn anzurufen.

»Hey, Finn,« sagte Janos. »Ich weiß nicht, was ich tun soll. Soll ich meine Position halten oder aussteigen?«

»Ja, es ist verlockend, jetzt den Gewinn mitzunehmen. Aber Westenberg rät zum Halten!«

»Trotzdem. Vielleicht ist unsere Gier zu groß?«

»Westenberg hat sich intensiv mit dieser Goldmine auseinandergesetzt. Danach steht man dort kurz vor einem Durchbruch! Das nächste Gutachten wird beweisen, dass seine Vermutungen richtig waren!«

»Aber was ist, wenn etwas schief geht?«, entgegnete Janos besorgt.

»Dann haben wir eben Pech gehabt«, meinte Finn und wirkte dabei relativ gelassen.

Janos schwieg einen Moment lang nachdenklich. Finn hatte viel mehr Erfahrung mit Aktien als er. Aber es ging um eine Menge Geld.

»Wir sollten Westenberg vertrauen. Du wirst sehen: In ein paar Wochen lachen wir über unsere Sorgen«, sagte Finn, als habe er Janos' Zweifel erraten.

»Vielleicht hast du recht!«

Janos wusste, dass er eine Entscheidung treffen musste.

Es war nur eine Frage der Zeit, bis die Goldmine entweder explodieren oder implodieren würde. Was sollte er tun? Den Gewinn mitnehmen und das Risiko minimieren – oder längerfristig investieren und mehr verdienen?

6.

Bohlan setzte Steinbrecher in der Innenstadt ab, wo dieser mit Steininger verabredet war, und kehrte ins Präsidium zurück. Aus Finns Wohnung hatte er eine Kiste mit Unterlagen aus dem Keller mitgenommen, die dort zwischen Freizeitutensilien wie Ski und einem aufblasbaren Stand-up-Paddel-Board abgestellt war.

Julia Will saß am Schreibtisch und starrte konzentriert auf den Bildschirm.

»Kommst du voran?«, fragte Bohlan und fläzte sich auf seinen Stuhl.

»Mir raucht der Schädel und ich bin immer noch etwas schlapp«, antwortete Will tonlos. »Aber ich habe in der Tat erste Erkenntnisse gewonnen.«

Bohlan legte seine Hände auf den Schreibtisch und sah Will erwartungsvoll an. »Was hast du herausgefunden?«

»Finn hat sich in verschiedenen Internetgruppen und Foren herumgetrieben, die sich mit Geldanlagen und Investitionen beschäftigen. Und er war auch Abonnent eines Börsenbriefes. ›Tobias Westenbergs Millionen-Depot‹.«

»Wer ist das?«

»Irgend so ein Börsenguru. Er gibt Börsenbriefe und Musterdepots heraus. Außerdem hat er eine wöchentliche Börsensendung in einem Nachrichtenkanal.«

»Weiter«, forderte Bohlan ungeduldig.

»In letzter Zeit gab es viel Wirbel um seinen Börsenbrief«, fuhr Will fort. »Westenberg hatte Aktien eines dubiosen Goldminenbetreibers empfohlen und in sein Musterdepot aufgenommen. Danach ist dessen Kurs dramatisch abgestürzt.«

Bohlans Augen weiteten sich.

»Wäre doch möglich, dass es da einen Zusammenhang gibt.«

Will stand auf, um sich eine Tasse Tee zu holen. »Kaffee?«

»Ja, gern.«

Will stellte Bohlan einen Pott auf den Tisch. Sie selbst hatte eine Tasse Tee in der Hand und setzte sich wieder an ihren Platz.

Bohlan kniff die Augen zusammen. Fit sah seine Kollegin nicht aus. Vielleicht wäre es besser, wenn sie einen Tag zu Hause bliebe.

»Selbst wenn es Ärger mit dem Börsenbrief gegeben hat, was sollte das mit Finns Tod zu tun haben? Das würde doch nur Sinn ergeben, wenn dieser Westenberg auf Dr. Spichals Obduktionstisch gelandet wäre!«, sagte Bohlan.

»Auf den ersten Blick hast du natürlich recht«, entgegnete Will, »aber möglicherweise gibt es einige Leute, die finanzielle Verluste erlitten haben und nun verärgert sind.«

Bohlan nickte nachdenklich, aber wenig überzeugt. Anderseits hatte Will in der Vergangenheit oft den richtigen Riecher gehabt, mochten ihre Gedanken auch anfangs unplausibel erscheinen. Deshalb schlug er ihre Überlegungen nicht in den Wind, sondern sagte: »Das ist eine interessante Spur. Wir sollten uns genauer mit Westenberg und seinen Machenschaften befassen.«

Die beiden berieten über die weiteren Schritte. Bis zur Lösung eines Falls war es immer ein langer Weg, der über viele Pfade führte. Irrungen und Wirrungen gehörten dazu. Manchmal übersah man leicht eine wichtige Abzweigung und landete in der Sackgasse. Besser war es, gründlich in alle Richtungen zu ermitteln.

Tock, tock! Tock, tock! Jemand klopfte hartnäckig gegen die Windschutzscheibe. Janos fuhr erschrocken zusammen und riss die Augen auf. Ein Mann im mittleren Alter fuchtelte vor ihm herum. Janos ließ das Seitenfenster herunter und steckte fragend seinen Kopf hinaus.

»Geht es Ihnen gut?«, fragte der Mann besorgt.

»Ja, alles okay!«

»Ich dachte nur, weil Sie so zusammengesunken hinterm Lenkrad saßen ... Und Ihr Licht brennt auch.«

»Alles gut. Ich muss eingeschlafen sein!«

Der Mann trollte sich Richtung Trainingsgelände. Janos war versucht, nach Hause zu fahren. Doch dann begann der Film vor seinem inneren Auge wieder zu laufen. Er tauchte erneut mitten hinein in jenen Abend vor ein paar Wochen, als alle seine Träume geplatzt waren. Der Gedanke daran ließ ihm auch jetzt das Blut in den Adern stocken.

Er hatte vor dem Bildschirm seines Laptops gesessen und mit zunehmender Ungläubigkeit und Verzweiflung wieder und wieder Tobias Westenbergs E-Mail gelesen. Dieser hatte die Goldminenaktien kurz vor Börsenschluss aus dem Musterdepot verkauft – ohne Vorankündigung! Der Börsenguru entschuldigte sich wortgewaltig für den späten Verkauf. Er habe leider erst kurz zuvor Informationen erhalten, die ihn zu diesem Schritt veranlasst hätten. Normalerweise sei das nicht sein Stil, aber er sei getäuscht worden und hätte handeln müssen, um größeren Schaden zu vermeiden.

»Was zum Teufel ist da los?«, murmelte Janos vor sich hin.

Er griff sein Handy und wählte Finns Nummer. Doch es war schon spät am Abend, Finn ging nicht ran.

Hastig und nervös wählte er sich bei seinem Onlinebroker ein. Gespannt wartete er, wie sich das Bild aufbaute.

Und dann sah er mit Entsetzen das ganze Elend: Der Aktienkurs hatte kurz vor Börsenschluss eine Delle erhalten und nachbörslich weiter an Wert verloren.

»Verdammt!« Janos fluchte lautstark und schlug mit der Faust so sehr auf den Tisch, dass der Löffel in der dort abgestellten Tasse laut klirrte. Sein Herz raste wie wild und ein Gefühl von Hilflosigkeit überkam ihn.

Gerade als er seinen Laptop zuklappen wollte, klingelte sein Handy. Es war Finn.

»Hast du auch die Mail von Westenberg bekommen?«, fragte dieser und klang ähnlich verzweifelt, wie Janos sich fühlte. »Er rät dringend, die verbliebenen Aktien zu verkaufen.«

»Ja, habe ich!«, sagte Janos. »Der Kurs ist total eingebrochen! Auch nachbörslich!« Janos Sätze klangen wie Hilfeschreie. »Was sollen wir denn jetzt machen?«

»Am besten alles verkaufen, sobald es geht. So können wir die letzten Reste des Geldes retten!«

»Da gibt es nicht mehr viel zu retten. Schau dir mal den gewaltigen Kurseinbruch an.«

»Trotzdem. Etwas anderes bleibt uns nicht übrig. Immerhin ist der Rest der Werte im Musterdepot noch im Plus.«

Janos schluckte. Da hatte Finn natürlich recht. Aber er hatte später angefangen, das Musterdepot nachzubilden und um das auszugleichen, hatte er die neuen Aktien übergewichtet.

Aber Finn hatte vollkommen recht. Der Kurs würde sich nach diesem Fiasko so schnell nicht wieder erholen. Dafür hatten zu viele investiert und vermutlich wollten alle in den nächsten Tagen raus.

In Janos' Hals steckte ein Kloß. Ein Großteil seiner Ersparnisse war futsch! Das Risiko hatte sich nicht ausgezahlt ...

Janos stellte eine Verkaufsorder ein. Seine Gedanken kreisen um die Frage nach Schuldigen. Aber letztlich musste er sich eingestehen: In dieser Welt gibt es keine Garantien. Das Risiko ist ein unvermeidbarer Teil jeder Investition. Hätte er bloß nicht auf Finn gehört! Doch der hatte selbst Geld verloren und ihm sicher nicht absichtlich Schrottaktien aufgeschwatzt.

Westenberg hatte bestimmt seine Schäfchen im Trockenen und rechtzeitig alle Aktien verkauft.

Am meisten ärgerte er sich aber über sich selbst. Was hatte ihn nur dazu getrieben, diese verdammte Aktie überzugewichten! Er war zu gierig gewesen.

Janos blieb eine Weile sitzen, starrte gedankenverloren auf seinen Bildschirm. Dann stand er auf, holte sich aus der Küche die Flasche Whisky, die ihm sein Vater vor einiger Zeit aus seinem Schottland-Urlaub mitgebracht hatte. Er stellte sich auf den kleinen Balkon. Die kalte Nachtluft flutete sein Gehirn. Dann schraubte er den Verschluss auf und setzte die Flasche an seinen Mund.

Dabei musste er an die Worte seines Vaters denken: »Sei sparsam mit ihm und trinke davon nur an besonderen Tagen!« Heute war zweifelsohne ein besonderer Tag – wenn auch in einem anderen Sinne.

Nachdem Melli am Morgen die Wohnung verlassen hatte, war Julian Steinbrecher wieder eingeschlafen und erst gegen Mittag aufgestanden. Er hatte nach Rezepten gegoogelt, war einkaufen gewesen und hatte den Nachmittag in der Küche verbracht. Auf dem Herd brutzelte Mellis Lieblingsessen: Linguine mit einer Lachssoße, dazu Salat. Das war an sich kein schwieriges Gericht, doch Julian war alles andere als ein Meisterkoch. Er gehörte eher der Fraktion Tiefkühlpizzabäcker an. Selbst gemachte Pasta stellte da schon eine enorme Herausforderung dar.

Melli war nach der Morgenschicht im Café zur Bandprobe in den Heddernheimer Musikbunker gefahren und von dort erschöpft, aber aufgekratzt nach Hause gekommen.

»Wie komme ich eigentlich zu der Ehre, dass du mir so etwas Leckeres kochst?«, fragte Melli zwischen zwei Nudelbissen.

Julian grinste verlegen. »Na ja, in letzter Zeit leben wir ein wenig nebeneinanderher.«

»Ja, das stimmt. Deine wechselnden Schichten, meine Gigs und die Proben. Ist alles momentan ziemlich viel. Aber das hier ist echt lecker. Sind die Nudeln etwa selbst gemacht?«

Julian nickte stolz. »Ja, ist gar nicht so schwer.«

Melli schwärmte von den neuen Songs, an denen sie mit der Band feilte. Julian versuchte, ebenso begeistert zuzuhören, doch es fiel ihm schwer. Immer wieder trifteten seine Gedanken zu dem Thema ab, das ihm auf der Seele lag. Obwohl er den ganzen Tag gegrübelt hatte, war ihm bislang kein eleganter Einstieg eingefallen. Immer wieder verließ ihn der Mut. Melli war so begeistert und voll positiver Energie. Vielleicht sollte er das Gespräch auf ein anderes Mal vertagen.

Plötzlich wurde Melli still und musterte ihn besorgt.

»Was ist los mit dir?«, fragte sie.

»Nichts, die letzten Tage waren einfach sehr anstrengend«, sagte er ausweichend.

»Es ist doch was«, bohrte Melli nach. »Du wirkst so bedrückt!«

»Ich wurde für einen Polizeieinsatz eingeteilt«, sagte Julian nach einer Weile leise. »Wir sollen die Klimaaktivisten aus dem Fecher verjagen.«

Jetzt war es raus und Julian erleichtert, obwohl er das Gewitter förmlich kommen sah. Melli zog erst die Stirn ungläubig in Falten, bevor sich ihre Augen weiteten und sie empört ausstieß: »Und du bist bereit, das zu tun? Du weißt doch selbst, wie wichtig der Kampf ist!«

»Natürlich weiß ich das«, erwiderte Julian kleinlaut. »Aber ich bin Polizeibeamter. Ich kann mich nicht einfach über Recht und Gesetz stellen.«

»Wenn es um den Schutz unseres Planeten geht, dann solltest du genau das tun!«, rief Melli aus.

»Bitte hör auf, so zu reden!« Julian versuchte verzweifelt, die Situation zu entspannen.

Aber Mellis Zorn kannte keine Grenzen. »Wenn du da mithilfst, dann zerstörst du alles, was wir uns aufgebaut haben!«, schrie sie ihn an.

Der Streit eskalierte immer weiter. Julian hatte Verständnis für ihre Argumente. Und er hatte den Verlauf der Diskussion kommen sehen. Schon in der Vergangenheit hatten sie über die sogenannten Klimakleber gestritten. Melli hatte sich mehr als einmal über die harten Strafen echauffiert, die Politiker dafür forderten, dass Aktivisten mit Sekundenkleber ganze Innenstädte lahmlegten. Aber er konnte seine Rolle als Polizist nicht ignorieren. Und strafbar waren die Aktionen, da biss die Maus keinen Faden ab.

Irgendwann saßen beide erschöpft am Tisch. Die Stille

zwischen ihnen war schwer zu durchbrechen.

»Mir ist bewusst, dass du mich gerade hasst«, sagte Julian leise. »Aber bitte versuche, mich zu verstehen. Ich werde mein Bestes geben, um sicherzustellen, dass niemand verletzt wird. Wenn du mich wirklich liebst ...«

Mellis Augen füllten sich mit Tränen. Sie hasste es, dass Julian in diesen Konflikt geraten war. »Ich liebe dich ja«, flüsterte sie, »aber ich kann das trotzdem nicht gutheißen.«

Am späten Nachmittag verließ Julia Will das Präsidium und fuhr in ihrem Fiat Cinquecento in Richtung Niederursel. Sie war ausgelaugt und erschöpft. Die Tabletten, die sie am Morgen und am Mittag genommen hatte, hatten kurzzeitig für Besserung gesorgt. Doch die Übelkeit war immer wieder zurückgekehrt. Der Plan, am Abend zum Judotraining zu gehen, war unrealistisch. Sie fuhr die Rosa-Luxemburg-Straße entlang. In Höhe Niddapark klingelte ihr Handy über die Freisprecheinrichtung. Es war Konstanze.

»Hey, wollen wir nach dem Training noch was zusammen trinken?«

»Du, ich schaffe das heute Abend nicht. Ich bin zu kaputt.«

»Julia, was ist los?«

»Ich weiß auch nicht. Ich könnte ständig kotzen und es rumort in meinen Magen.«

»Hm, du wirst doch nicht schwanger sein?!« Konstanze hatte das mit einem amüsierten Tonfall gesagt. Aber auszuschließen war das nicht. Alex und sie wünschten sich Kinder und verzichteten seit einiger Zeit auf Verhütungsmittel.

»Nein, ich glaube nicht«, sagte Julia zögernd, »aber möglich wäre das natürlich.«

»Du solltest einen Test machen.«

»Meinst du?«

»Natürlich, bevor du dir die nächsten Tage Sorgen machst!«

Konstanze hatte recht, dachte Julia, nachdem das Gespräch beendet war. Sie bog am Erich-Ollenhauer-Ring zum NordWestZentrum ab und parkte den Fiat in der Tiefgarage. In der Apotheke kaufte sie einen Schwangerschaftstest. Ein klein wenig kam sie sich dabei vor wie ein Teenager, der im Supermarkt eine Packung Kondome unter die Einkäufe schmuggelt. Die Apothekerin lächelte sie freundlich an.

Aufgeregt verließ sie die Apotheke. Irgendetwas hielt sie davon ab, sofort nach Hause zu fahren. Unschlüssig lief sie durch die Einkaufspassage, blieb vor dem einen oder anderen Schaufenster stehen. In den meisten lag bereits die Sommerware aus. Sollte sie sich etwas Neues kaufen? Aber wenn sie wirklich schwanger war, würde sie dann im Sommer überhaupt in die Kleidung hineinpassen? Wann würde man es ihr ansehen? Und wie würde es mit ihrer Arbeit weitergehen?

Unversehens stand sie in einem Geschäft für Babykleidung. Diese kleinen Strampler sahen schon sehr niedlich aus. Und die Kleidchen erst! Aber wenn es ein Junge wäre? Würde sie die nächsten Jahre am Rand eines Fußballplatzes oder in der Ballettschule verbringen?

Meine Güte, deine Hormone spielen völlig verrückt, schoss es Julia durch den Kopf. Du weißt noch nicht einmal, ob du schwanger bist, und grübelst über solche Fragen nach. Sie verließ den Laden, entschloss sich zu einem Abstecher zu Starbucks und kaufte dort einen Tee. Schon wieder Tee! Das konnte doch nicht ihr Ernst sein.

Nachdem sie eine gute halbe Stunde auf einem Sessel gesessen und ins Leere gestarrt hatte, stapfte sie zurück zu ihrem Auto und fuhr nach Hause.

Steinbrecher machte auf dem Nachhauseweg einen Schlenker zum Friseur. Er parkte die Harley am Straßenrand und traute seinen Augen nicht. Eine Horde Jugendlicher bildete vor dem Geschäft in einer Seitenstraße der Berger Straße eine Menschentraube. Fast alle hatten ihre Handys gezückt und fotografierten ohne Unterlass. Laute Popmusik schallte durch die offene Ladentür. Steinbrecher reihte sich hinten ein, stellte sich auf die Zehenspitzen und versuchte, einen Blick in den Laden zu werfen. Unfassbar! Wo normalerweise gähnende Leere herrschte, waren jetzt alle Stühle besetzt. Ahmet stand am Empfangspult und versuchte, das Chaos zu ordnen. Ein Friseur, den der Kommissar noch nie zuvor gesehen hatte, bediente die jungen Kunden. Steinbrecher stemmte sich einem Rammbock gleich durch die Menge, die ihn unter nörgelndem Gejohle kurz vor der Ladentür ausspuckte. Als Ahmet ihn erblickte, stürmte er zur Tür.

»Hallo, Herr Kommissar!«

»Was um Himmels willen hat das hier zu bedeuten?«, fragte Steinbrecher.

Ahmet machte eine Kopfbewegung über die Schulter in den Laden. »Liegt alles an dem da!«

»Wer ist das?«

»Miquel ...«

Ahmets Erklärung wurde von lautem Gejohle der Teenies unterbrochen. Steinbrecher zog ein verständnisloses Gesicht.

»Miquel ist ein Instagram-Star«, erklärte Ahmet. »Er kommt direkt aus Spanien und ist durch seine Filmchen bekannt. Die Teenies fahren voll auf ihn ab.«

»Aha«, grummelte Steinbrecher. »Und was macht der hier?«

»Pirmin hat ihn nach Frankfurt gelotst!«

Pirmin Müller hatte es durch seine Auftritte als Immobilienmakler in einem Doku-Format zu bundesweiter Berühmtheit gebracht. Als Pirmin den Auftrag bekommen hatte, den Friseurladen neu zu vermieten, war ihm der Gedanke gekommen, diesen auch gleich selbst zu betreiben. Ahmet hatte er vom Vorbesitzer übernommen. Irgendwer musste schließlich die Arbeit machen. Doch offensichtlich hatte Pirmin nun auch ein neues Konzept entdeckt.

»Dann wirds heute nichts mit einem Termin für mich?«, fragte Steinbrecher.

»Sieht schlecht aus!«, antwortete Ahmet und zuckte mit den Schultern. »Schau einfach in den nächsten Tagen wieder vorbei, wenn sich der Trubel hier gelegt hat! Ich muss hier die Empfangsdame spielen.«

Steinbrecher verabschiedete sich und drückte sich wieder durch die Menge. Auf der Berger Straße gönnte er sich eine Currywurst bei »Bestworscht in Town« und fuhr nach Hause.

Pünktlich um 19 Uhr verließ Bohlan das Polizeipräsidium und trat in die einsetzende Dämmerung. Er war mit den Ermittlungen des Tages halbwegs zufrieden. Zwar fehlte eine wirklich heiße Spur, aber sie gewannen allmählich einen Eindruck von Finns Leben. Privatleben und Familie schienen auf den ersten Blick in Ordnung zu sein. Diese Sache mit dem Börsenbrief bot einen Ansatzpunkt, ebenso die wechselnden Affären.

Ein lautes Hupen schreckte Bohlan aus seinen Gedanken. Er sah zur Straße, wo Tamaras Mini mit blinkenden Warnleuchten am Straßenrand stand. Der Kommissar beeilte sich, zum Wagen zu kommen, und ließ sich auf den Beifahrersitz fallen.

»Na, was sagst du?«, flötete er und schlug die Tür zu. »So pünktlich war ich selten!«

»Ja, stimmt!«, bestätigte Tamara mit einem Augenzwinkern und lenkte den Wagen zurück auf die Fahrbahn. »Wenn auch etwas verträumt!«

Eine gute halbe Stunde später kurvten sie durch das Kelkheimer Gewerbegebiet, vorbei an allerlei LKWs und abgestellten Anhängern. Tamara quasselte die ganze Zeit völlig aufgekratzt und voller Vorfreude. Bohlan hörte nur mit halbem Ohr zu. Er verspürte bei der Vorstellung, sich im Rhythmus heißer Musik bewegen zu müssen, ein eher mulmiges Gefühl. Schon in seiner Jugendzeit war er kein guter Tänzer gewesen. Er blamierte sich bewegungstechnisch nicht gern. Tanzen in der Disco war kein Problem, da zappelte sowieso jeder irgendwie in der Menge herum. Aber in einem richtigen Tanzkurs? Und womöglich mit einem strengen Lehrer? Das war eine ganz andere Hausnummer. In der Schulzeit war der Besuch einer Tanzschule eher ein auslaufendes Modell gewesen. Und Bohlan hatte sich erfolgreich gedrückt.

Da der Parkplatz vor dem Tanzschulgebäude besetzt war, ließ Tamara den Wagen auf den Parkstreifen rollen. Die beiden stiegen aus und liefen in Richtung Eingang. Tamara eher zielstrebig, Bohlan zögerlich. Durch die großen Fenster sah man tanzende Körper, Musik schallte über den Hof. Ein Schild am Eingang leitete sie und andere zeitgleich eintreffende Paare ins oberste Stockwerk.

Der Tanzlehrer hieß Salvatore, hatte unübersehbar italienische Wurzeln und den Rhythmus in den Hüften. Außerdem wurde schnell klar, dass stimmungsmäßig nichts anbrennen würde. Salvatore war monatelang auf einem Kreuzfahrtschiff über die Weltmeere geschippert. Da hatte er jeden Kniff gelernt, die Gäste zu unterhalten und zu animieren. Bohlan ergab sich seinem Schicksal.

Es ging los mit Reihetanzen vor dem Spiegel, immer

schön im Disco-Fox-Grundschritt. Entgegen allen Erwartungen hatte den selbst Bohlan schnell drauf: vor, vor, tepp – rück, rück, tepp. Alles easy! Der Kommissar wagte über den Spiegel den ein oder anderen Blick auf die anderen Tänzer, tatsächlich ohne dabei aus dem Takt zu geraten. Die meisten schafften es wie er. Die Masse bewegte sich im Gleichschritt, begleitet vom Stampfen der Füße auf dem Holzparkett.

Alle?

Nein, ein großer Typ mit wilder Lockenmähne nahm grundsätzlich immer den falschen Fuß, tapste regelmäßig in die verkehrte Richtung.

Bohlan grinste. Insgeheim war er froh, dass er nicht aus der Reihe tanzte.

Tatsächlich machten ihm die Schritte zunehmend Spaß. Die Menge wogte im Gleichschritt zu Helene Fischer. Nach vorne, nach hinten, nach links, nach rechts. Bis auf den Lockenschopf. Irgendwie fand Bohlan das auch sympathisch. Vielleicht war es gar keine Trotteligkeit, sondern ein Appell an die Gesellschaft: Seht her, man kann auch aus der Reihe tanzen! Es ist nicht so schlimm, gegen den Strom zu schwimmen!

In der Pause gab es Getränke. Salvatore pries Aperol Spritz und Lillet an und fast alle griffen zu. Der Lockenschopf, der Paul hieß, und Anwalt war, trank ein Bier. Bohlan orderte ihm zuliebe auch eins. Die Flaschen klirrten gegeneinander. Prost! Sie standen auf der Dachterrasse, am Horizont war die erleuchtete Frankfurter Skyline zu sehen. Tamara hatte gleich zwei andere Frauen in ein Gespräch verwickelt. Bohlan reiche ihr den Aperol. Ein Mann mit Tolle und O-Beinen hielt ihm und Paul seine Bierflasche zum Anstoßen entgegen.

»Na, auch ein Weihnachtsgeschenk einlösen?«, fragte er mit einem Grinsen im Gesicht.

»So ähnlich«, stieß Bohlan aus. Die Bierflaschen klirrten gegeneinander.

»Was man nicht alles für die Liebe tut«, sagte die Tolle.

Paul nickte heftig und kippte das halbe Bier in sich hinein.

Einige Kilometer entfernt saß Julia Will im Bad und starrte auf die beiden roten Striche auf dem Teststreifen. In der anderen Hand hielt sie die Gebrauchsanweisung des Schwangerschaftstests. Immer wieder wechselte ihr Blick hin und her. Der Test war eindeutig positiv.

Sie war schwanger. Einerseits freute sie sich, anderseits fragte sie sich, was dies für den Job bedeuten würde. Und wie sicher war so ein selbst durchgeführter Test überhaupt? In der Packungsbeilage wurde die Verlässlichkeit mit 90 bis 98 Prozent angegeben – eine ziemlich hohe Wahrscheinlichkeitsrate.

Um sicherzugehen, wollte sie das von ihrer Frauenärztin abklären lassen und entschied, erst einmal mit niemandem darüber zu sprechen. Zum Glück war Alex beim Training, dem sich meistens ein Kneipenbesuch anschloss. Vor Mittagnacht war mit ihm nicht zu rechnen. Sie ging ins Bett, kuschelte sich in eine Decke und schlief ein, noch bevor die Liebesschmonzette auf Netflix auf ihren Höhepunkt zusteuerte.

7.

Am Morgen versammelte Bohlan das Ermittlerteam zur Lagebesprechung im Präsidium. Er überließ zunächst Julia Will das Wort. Der gestrige Abend steckte ihm in den Knochen. Obwohl er nur eine Stunde Grundschritte getanzt hatte, zwickte der Muskelkater an Stellen, von denen er nicht einmal geahnt hatte, dass sich dort Muskeln befanden. Zu allem Überfluss waren er und Tamara mit einigen Kursteilnehmern in einer Kneipe gelandet und hatten viel zu viel Alkohol getrunken.

Er war wirklich nichts mehr gewöhnt. Vielleicht hatte Julia eine Schmerztablette von gestern übrig? Er könnte jetzt eine gebrauchen.

»Finn war in den sozialen Medien in diversen Finanzcommunitys unterwegs«, referierte Will. Bohlan nippte am Kaffee. Es war die dritte Tasse an diesem Morgen und so langsam erwachten seine Lebensgeister.

»Er hat eifrig gepostet und auf Veranstaltungen hingewiesen.«

Bohlan fuhr sich mit der Hand über den Kopf, wie er es meistens tat, wenn er nachdachte.

»Und du glaubst, dass dies mit dem Mord zusammenhängt?«, fragte Steininger.

»Wenn man die Geldscheine in seinem Rachen betrachtet, liegt das quasi auf der Hand, oder?«, entgegnete Julia Will.

Das Geld im Mund des Opfers! Das hatte Bohlan völlig verdrängt. Es war unzweifelhaft ein Indiz für ein mögliches Mordmotiv.

»Ja, natürlich!«, pflichtete Steininger seiner Kollegin bei.

»Ich habe ein wenig recherchiert«, fuhr Julia fort. »Die Veranstaltungen, für die Finn geworben hat, wurden alle von einem gewissen Tobias Westenberg organisiert. Ein richtiger Verkäufertyp, der den Teilnehmern einheizt. Ich habe ein paar Videos zusammengestellt.«

Will klickte auf der Tastatur herum und spielte das erste Videos ab. Ein gut aussehender Typ im tiefblauen Anzug mit Einstecktuch tigerte auf einer Bühne herum und referierte über wahnwitzige Chancen, Geldvermehrung und Gewinnmaximierung. Immer wieder unterbrochen vom frenetischen Gebrüll seiner Zuhörer pries er seinen Börsenbrief an.

»Erschreckend!« Steinbrecher war fassungslos. Derweil zog Bohlan seine Stirn mehr und mehr in Falten.

»Aber was bringt uns das jetzt für die Ermittlungen?«, fragte Steininger. »Ich meine, wenn es den Westenberg erwischt hätte, dann könnte ich das nachvollziehen. Aber wieso Finn?«

»Wir wissen ja nicht, was er für eine Rolle hatte. Das sollten wir unbedingt herausfinden«, schlug Bohlan vor.

»Genau, Tom!«, sagte Will. »Und deshalb habe ich Westenbergs Adressdaten herausgesucht. Dem sollten wir unbedingt einen Besuch abstatten. Außerdem habe ich noch ein paar Namen aus Finns Umfeld recherchiert.« Will legte einen Zettel auf den Besprechungstisch.

»Gute Idee, danke Julia!«, stimmte Bohlan zu. »Was haben wir sonst noch?«

Steininger, der sich weiter in der Obdachlosenszene umgehört hatte, konnte keine neuen Erkenntnisse liefern. Steinbrecher fasste seinen Besuch bei Esther Herder zusammen.

»Okay«, sagte Bohlan, »dann wäre da noch Janos Hellwig, Finns bester Freund. Der war gestern ziemlich durch den Wind. Vielleicht kann er noch ein paar Hintergründe beisteuern.«

Die anderen nickten zustimmend. Also fuhr Bohlan

fort: »Julia und ich werden das übernehmen und uns anschließend um Westenberg kümmern und ihr zwei ...« – sein Blick wechselte zwischen Steininger und Steinbrecher hin und her – »... nehmt euch Finns weiteres Umfeld vor.«

Auf der Fahrt nach Heddernheim war Julia Will seltsam wortkarg. Bohlan begann, sich Sorgen um sie zu machen. Sie war ständig schlapp, schluckte ab und an Tabletten, bemüht darum, dass es niemandem auffiel, und hatte gestern sogar freiwillig Dienst im Präsidium geschoben, statt mit ihm auf Außenermittlungen zu gehen. Vermutlich brütete sie irgendeinen Virus aus, vermutete der Kommissar, schaltete den Radiosender ein und lenkte den Wagen in die Heddernheimer Altstadt. Er musste an den Mordfall vor ein paar Jahren denken. Mitten in der Kampagne war die Fastnachtsprinzessin von Klaa Paris tot aufgefunden worden. Zu allem Überfluss hatte sich Kollege Steininger in manch unglückliche Beziehung gestürzt und war selbst unter Tatverdacht geraten. Alles in allem ein kurioser und zugleich nervenaufreibender Fall. Aber Schnee von gestern!

Bohlan und Will stiegen aus dem Auto.

Da die Haustür nur angelehnt war, gelangten sie ungehindert ins Treppenhaus und entdeckten im ersten Stock Janos' Namen an der Wohnungstür. Bohlan drückte auf die Klingel. Das Schrillen der Glocke erfasste sofort das ganze Treppenhaus, es folgte ein genervtes Fluchen. »Ja, verdammt, ich bin auf dem Weg!«

Kurz darauf wurde die Tür aufgerissen und Janos Hellwig stand sichtlich erschrocken im Türrahmen. Vermutlich hatte er nicht damit gerechnet, dass überhaupt schon jemand vor der Tür wartete.

»Was ... Sie schon wieder?«, stammelte er.

»Wir müssen noch einmal reden«, sagte Bohlan.

»Kommen Sie rein«, erwiderte Janos und schien in Gedanken hinzuzufügen, dass das ja nicht gleich jeder im Haus mitbekommen musste.

Bohlan und Will folgten ihm durch den Flur einer Altbaubauwohnung. Die Dielen knarrten unter ihren Füßen. Kurz darauf betraten sie das Wohnzimmer, das offensichtlich auch als Arbeitszimmer diente. Auf dem Tisch stand ein Laptop, überall lag juristische Literatur herum. An den Wänden waren Bücherregale angebracht. Alte Obstkisten dienten als Abstelltische.

»Verzeihen Sie die Unordnung, aber ich bin im absoluten Lernstress.«

»Sie müssen sich dafür nicht entschuldigen«, sagte Will, zog einen der Stühle zu sich heran und setzte sich. Bohlan blieb einen Moment länger im Raum stehen und sah sich dabei ein wenig um. Auf den ersten Blick deutete alles auf eine stinknormale Studentenbude hin. Ikea-Möbel, jede Menge Bücher, da ein Kleidungsstück, neben dem Sofa eine nicht ausgepackte Sporttasche. Bohlan griff nach einem Stuhl.

»Wohnen Sie hier allein?«

»Ja. Warum?«

»Ich dachte halt, Studenten-WG.«

»Nein, es sind nur zwei Zimmer, Küche, Bad.« Janos stand immer noch im Türrahmen.

»Setzen Sie sich doch.«

Janos stapelte umständlich ein paar Blätter aufeinander, legte Zeitungen zusammen und klappte den Laptop zu. Dann setzte er sich.

»Wir haben noch ein paar Fragen wegen Finn«, begann Julia.

»Dachte ich mir!«, antwortete Janos.

»Warum?«, blaffte Bohlan ihn an.

»Na ja, die Polizei begnügt sich doch nicht mit einer Befragung.«

»Haben Sie Erfahrung damit?«

»Nein, natürlich nicht«, versicherte Janos, »aber das kennt man doch aus dem Fernsehen, oder? Die Polizei kommt immer mehrfach. Das muss so sein.«

»Stimmt«, sagte Bohlan, »ich habe auch die Angewohnheit, dass ich mich, bevor ich gehe, noch einmal umdrehe und die entscheidende Frage stelle.« In Bohlans Stimme lag ein gehöriger Schuss Ironie.

»Derweil hole ich immer den Wagen«, fügte Will hinzu.

Janos lächelte gequält.

»Gut, Scherz beiseite«, sagte Bohlan, »Sie haben mir gestern erzählt, dass Sie Finn bereits aus dem Sandkasten kennen.«

»Kindergarten«, verbesserte Janos.

»Okay, Kindergarten. Dann wussten Sie bestimmt auch über Finns Finanzgeschichten Bescheid.«

»Finanzgeschichten?«, echote Janos.

»Ihr Freund trieb sich in diversen Internetgruppen herum, war regelmäßig Gast bei Veranstaltungen eines gewissen Tobias Westenberg. Das ist so einer, der gern erklärt, wie man Geld anlegt und vermehrt«, ergänzte Will.

»Ja, das war sein Steckenpferd«, bestätigte Janos und rutschte dabei nervös auf dem Stuhl hin und her. »Finn war ein absoluter Westenberg-Fan. Er hat dauernd von ihm erzählt.«

»Und kräftig die Werbetrommel gerührt!«

»Auch das.«

»Und Sie?«

»Was meinen Sie?«

»Waren Sie auch Fan von Westenberg?«

»Nicht direkt. Ich habe ihn mir mal angehört und seine Tipps durchgelesen.«

»Und?«

»Es klang alles sehr verlockend und einleuchtend.«

»Ja, der Mann scheint es draufzuhaben«, sagte Will. »Ich habe mir ein paar seiner Videos angesehen. Wer richtig investiert, der kann in ein paar Jahren aufhören zu arbeiten.«

»Genau!«, bestätigte Janos. »Hätten Sie zum Beispiel vor ein paar Jahren ihr ganzes Vermögen in Bitcoins investiert, müssten Sie jetzt keine Verbrecher jagen.«

»Vielleicht mache ich es trotzdem gern, aber egal«, sagte Will.

»Haben Sie investiert?«, fragte Bohlan.

»Ja, aber erst vor Kurzem. Es dauert also noch, bevor ich mich zur Ruhe setzen kann. Bis dahin mache ich mein Staatsexamen.«

Bohlan musterte Janos. »Aber im Plus sind Sie schon, oder?«

Wieder rutschte Janos auf dem Stuhl unruhig hin und her. »War nicht der beste Einstiegszeitpunkt«, räumte er zerknirscht ein, »aber das wird noch. Man muss es langfristig sehen. Dann ist man immer auf der Siegerstraße.«

Julia pinselte eifrig in ihr Notizbuch. Bohlan zog die Stirn in Falten. »Also sind Sie im Minus?«

»Momentan leider ja«, antwortete Janos etwas kleinlaut.

Bohlan wechselte das Thema. »Wie liefen denn die Geschäfte bei Finn?«

»Ich kann natürlich nicht in seine Kontoauszüge schauen, aber nach seinen Worten war er kräftig im Plus. Allerdings hat er auch schon länger investiert.«

»Finn und Sie waren schon ewig befreundet. Und das sehr gut, wie Sie selbst betont haben«, schaltete sich Julia ein.

Janos nickte.

»Wieso ist er so viel länger dabei als Sie? Hat er Ihnen denn nicht vorher schon von diesem lukrativen Geschäft erzählt?«

»Doch, schon, aber ich bin da eher etwas zurückhaltend und vorsichtig. Also eher der konservative Anlegertyp.«

»Verstehe.«

»Und jetzt haben Sie Ihre Vorsicht aufgegeben«, stellte Bohlan fest. »Warum?«

»Ich habe von meiner Oma etwas Geld bekommen. Und das habe ich eben investiert.«

Bohlan kritzelte etwas in sein Notizheft und sagte: »... und sind im Minus.«

Janos reagierte nicht auf die erneute Feststellung des Kommissars.

»Das ärgert Sie doch bestimmt!«, stellte Bohlan nonchalant fest.

»Natürlich wäre meine Stimmung besser, wenn ich im Plus wäre.«

»Wer wäre das nicht. Sicher fragen Sie sich: Warum bin ich gerade jetzt eingestiegen? Warum bin ich überhaupt eingestiegen?«

»Sicher!«

»Vielleicht machen Sie aber auch Finn dafür verantwortlich, dass Sie Geld verloren haben. Wollten Sie deswegen mit ihm sprechen?«

Janos rutschte wieder nervös auf dem Stuhl hin und her. »Nein, nein«, stieß er dann aus, »das ist doch nicht Finns Verschulden.«

»Nicht!?«

»Ich treffe meine Entscheidungen selbst.«

»Das bestreite ich nicht. Aber trotzdem kann man auf jemanden sauer sein. Immerhin war Finns Empfehlung kausal für Ihre Entscheidung, oder etwa nicht?«

»Kommen Sie mir nicht mit Kausalität. Dann hängt alles mit allem zusammen. Ich war nicht sauer auf Finn. Er hat mit dem Deal auch Verluste gemacht. Und wenn, dann müsste ich sauer auf Westenberg sein. Immerhin hat der die Aktien empfohlen.«

So gesehen hatte Janos vollkommen recht, dachte Bohlan Und Westenberg lebte schließlich noch.

»Was haben Sie denn in der Nacht von Sonntag auf Montag gemacht?«

Janos zog die Stirn nachdenklich in Falten. Dann blaffte er: »Verdächtigen Sie mich etwa?«

»Das ist nur eine Standardfrage«, erwiderte Bohlan, »Sie wissen doch, wie das läuft!«

»Da hatte ich Besuch.«

»Besuch?«

»Von einer Freundin. Die können Sie gern befragen. Sie wird mein Alibi bestätigen.«

»Dann mal her mit Daten!«

Janos kritzelte hektisch etwas auf ein Blatt Papier und schob es Bohlan über den Tisch. Der Kommissar traute seinen Augen nicht und las mehrfach, was Janos aufgeschrieben hatte.

Als Bohlan und Will Janos' Wohnung verließen, war es halb eins. Bohlans Magen knurrte, daher schlug er einen Besuch in der Pizzeria Cimino vor, die nur wenige Schritte entfernt lag. Beim Geruch von Käse, Tomaten, italienischen Kräutern und Pizzateig hatte er ein Déjà-vu. Vor Jahren hatten sie sich an gleicher Stelle den Kopf über dem Fall der toten Fastnachtsprinzessin zerbrochen. Frankfurt war eben doch ein Dorf, was den Kommissar nicht störte. Im Gegenteil, zumal die Pizza zweifelsfrei zu den besten der Stadt zählte.

Bohlan entschied sich für »Peperoniwurst«, Will für »Rucola und Parmaschinken«.

Sie setzen sich an einen der Tische. Im Hintergrund lief ein Musikkanal.

»Was hältst du von Janos?«, wollte Bohlan wissen.

Will zog die Stirn in Falten, grübelte einen Moment, bevor sie antwortete. »Auf mich wirkt er recht authentisch.«

»Authentisch?«

»Na ja, ein normaler Student. Bodenständig. Beneidet vielleicht seinen Kumpel Finn, der mit relativ wenig Aufwand Kohle scheffelt. Er versucht, es ihm nachzumachen, ist aber zu spät eingestiegen ...«

»Vermutlich, weil er sich nicht früher getraut hat. Er ist keiner, der leichtfertig sein Vermögen aufs Spiel setzt.«

»Genau!«

»Die Frage ist nur: Ärgert er sich über sich selbst oder schiebt er doch die Schuld seinem Kumpel in die Schuhe? Der hat ihn letztendlich zu dem Deal überredet. Hat er eine Stinkwut auf ihn und bringt ihn um?«

»Nein, das glaube ich nicht. Dafür ist er nicht der Typ. Sauer auf ihn ist er vielleicht, aber nicht mehr.«

Der Pizzabäcker signalisierte, dass die Pizzen fertig waren. Bohlan stand auf und holte die beiden Teller.

»Mhmm, riecht das gut!« Bohlan schmatzte, bevor er den ersten Bissen im Mund hatte. Julia zog ihre Stücke jeweils etwas auseinander.

Die beiden kauten schweigend.

»Du, Tom, ich habe nachher noch einen Arzttermin.«, platzte Will in die Stille zwischen den beiden und verdrängte damit die Stimmen der anderen Gäste, das Gläserklirren und die Musik aus dem Fernseher.

»Was ist los mit dir?«

»Nichts. Ist eine Routinesache«, sagte Will so beiläufig wie möglich. »Ich hatte es nur vergessen. Aber vielleicht kannst du mich auf dem Weg zum Präsidium vor der Praxis rauslassen.«

Bohlan musterte seine Kollegin prüfend. Er wurde das Gefühl nicht los, dass irgendwas im Busch war. Aber Will hatte offenbar kein Bedürfnis, darüber zu reden und hielt beim Essen den Blick auf die Pizza gerichtet. Daher unterließ er weitere Nachfragen und sagte nur: »Kein Problem! Und danach machst du Feierabend.«

»Okay!«

»Was anderes ...« Bohlan wechselte das Thema. »Janos hat mir die Daten seiner Bekannten aufgeschrieben.«

»Ja, und?«

»Es ist keine Unbekannte.«

»Sondern?«

»Esther Herder.«

Julia Will zog die Augenbrauen nachdenklich zusammen. »Ist das nicht die Ex von Finn?«

»Genau.«

»Ist das Zufall oder sollte es uns zu denken geben?«

»Ich bin mir da noch unschlüssig. Einerseits ist es vermutlich nicht abwegig, dass sich die beiden kennen. Immerhin war Janos Finns bester Freund.«

»Und andererseits?«, hakte Will nach.

»Mir fällt noch kein Andererseits ein. Aber wir sollten diesen Umstand im Hinterkopf behalten.« Bohlan wischte sich mit der Serviette über die Mundwinkel. »Auch einen Espresso?«, fragte er seine Kollegin.

»Lieber nicht. Aber du kannst dir gern einen bestellen.«

Nachdem Bohlan den Espresso getrunken hatte, fuhren sie die Eschersheimer Landstraße entlang in Richtung Innenstadt. Bohlan ließ Will in Höhe Dornbusch aus dem Lupo und lenkte den Wagen weiter zum Polizeipräsidium.

Im Kommissariat traf er auf die Stones.

»Also, in Finns Umfeld gab es einige Personen, die er zu Investments veranlasst hat«, berichtete Steinbrecher. »Aber letztendlich haben wir bislang niemanden gefunden, den das wirklich ruiniert hat. Die meisten sind sogar immer noch im Plus, allenfalls leicht im Minus.« Steinbrecher legte zwei Zigaretten und sein Feuerzeug auf den Tisch – ein eindeutiger Hinweis darauf, dass ein Ausflug in den Raucherhof bevorstand. »Da ist keiner dabei, der wirklich Grund dafür gehabt hätte, Finn den Rachen mit Geldscheinen vollzustopfen.« Steinbrecher räusperte sich.

»Wir haben hier eine Liste zusammengestellt«, ergänzte Steininger. »Hinter den Namen ist vermerkt, was sie jeweils zur Entwicklung ihrer Depotwerte angegeben haben.«

Steininger legte das Blatt Papier auf den Tisch. Bohlan griff danach und las sich die Namen durch. Auf den ersten Blick nichts Auffallendes.

»Aber irgendwem muss Finn gewaltig auf die Füße getreten sein«, vermutete Steininger. »Wir müssen wohl noch tiefer wühlen.«

»Oder weiter im Nebel stochern«, sagte Steinbrecher.

Steininger sah ihn irritiert an. »Wie meinst du das?«

»Na ja, vielleicht gibt es ein ganz anderes Motiv für den Mord und wir sind auf einer völlig falschen Fährte.«

»Aber es ist doch offensichtlich, dass der Mord etwas mit Geld zu tun hat«, sagte Steininger.

»Oder eben zu offensichtlich.«

»Du meinst, jemand hat bewusst diese Spur gelegt, um vom wahren Motiv abzulenken?«, fragte Steininger.

»Wäre doch möglich, oder?«, bemerkte Bohlan nachdenklich. Wieder kam ihm der Gedanke, dass die Bekanntschaft zwischen Janos Hellwig und Esther Herder eine größere Bedeutung haben könnte. Eifersucht war eines der häufigsten Tatmotive. Doch seine Überlegungen wurden jäh unterbrochen.

»Gleich müsste Westenberg auftauchen, hat er mir zumindest vorhin versprochen«, bemerkte Steinbrecher. »Wo ist Julia eigentlich?«

»Beim Arzt.«
»Sie wird doch nicht länger ausfallen?«
»Glaube ich nicht. Aber wir beide machen das mit Westenberg zusammen.«

8.

»Sie hatten Ärger mit Finn Bauernfeind!« Bohlan schmetterte die Worte laut und resolut in den Raum. Ein wenig wunderte er sich selbst darüber, war er doch stets bemüht, eine Vernehmung freundlich zu gestalten. Dafür bediente er sich meist eines sachlichen Tonfalls. Doch seine Lautstärke verfehlte ihre Wirkung nicht, sein Gegenüber zuckte merklich zusammen. Selbst Walter Steinbrecher, der auf dem Stuhl neben ihm saß, sah ihn etwas irritiert von der Seite an.

Tobias Westenberg saß ihnen im Verhörraum gegenüber. Ein breiter, leerer Tisch trennte sie voneinander. Um Zeit zu schinden und die Kontrolle über sich wieder zu erlangen, nahm Westenberg die schwarze Hornbrille von der Nase und putzte akribisch über die Gläser, dann räumte er kleinlaut ein: »Kann schon sein, aber deswegen bringe ich ihn nicht gleich um.«

»Um was ging es denn genau bei dem Streit?«, hakte Bohlan – nunmehr um Sachlichkeit bemüht – nach.

»Herr Bauernfeind war unzufrieden mit der Depotentwicklung. Er hatte wohl einkalkuliert, schneller reich zu werden! Außerdem hatte er Ärger mit einigen Bekannten ...«

Diese Information weckte Bohlans Neugierde. »Inwiefern?«, fragte er.

»Er hat sie zu meinen Seminaren mitgeschleift. Sie sind dann auch begeistert eingestiegen. Scheinbar ging es denen nicht schnell genug mit dem Wachstum, aber manchmal dauert es eben einen Moment. An der Börse braucht man mitunter Zeit. Das sagte schon André Kostolany.«

»André wer?«

»André Bartholomew Kostolany. Ein als Börsen- und Finanzexperte und Spekulant auftretender Journalist. Von ihm stammen zahlreiche Börsenweisheiten. Sie sollten unbedingt einmal eines seiner Bücher lesen. Sie sind sehr hilfreich«, dozierte Westenberg.

»Ist es aber nicht so, dass Sie selbst diese Hoffnungen wecken? Ihre Werbung ist ziemlich aggressiv. Sie versprechen, aus wenigen Tausend Euro innerhalb eines überschaubaren Zeitrahmens ein Vermögen zu machen.«

»Finden Sie?«

»Wie soll ich sonst Ihre Werbung verstehen?«

Bohlan hielt Westenberg einen Ausdruck seiner Anzeigen entgegen. »Wie ich innerhalb eines Jahres aus 1000 Euro 100.000 Euro gemacht habe«, war darauf zu lesen.

»Manchmal geht es eben schneller!«, sagte Westenberg im Brustton der Überzeugung. »Da ist nichts dran geschönt. Ich habe die Trades alle aufgezeichnet. Das kann jeder kontrollieren.«

Bohlan kniff die Augen zusammen und musterte Westenberg.

Steinbrecher, der bislang nur zugehört hatte, schaltete sich ins Gespräch ein und stellte fest: »Aber natürlich hat die Sache einen Haken.«

»Welchen?«

»Niemand außer Ihnen kann die Trades genauso ausführen oder nachbilden. Es gibt immer eine zeitliche Verzögerung und die Kurse schwanken minütlich«, fuhr Steinbrecher fort. Er hatte am Morgen mit einem Schulfreund telefoniert, der als Investmentbanker arbeitete. Der hatte ihm auf die Schnelle ein paar kleine, aber wichtige Details erläutert, die er nun zum Besten geben konnte. Siegesbewusst setzte er nach: »Je mehr Ihre Abonnenten Ihre Trades nachbilden, um so unrealistischer wird es auch, Ihre Performance nachzubilden. Die Nachfrage steigt und das verteuert den Kaufpreis. Der Kaufpreis ist aber ganz entscheidend für die Performance, noch dazu, wenn Sie Aktien nehmen, die sich ansonsten durch einen eher überschaubaren Handelsumsatz auszeichnen.« Steinbrecher machte eine kurze Pause, um dann ein weiteres Ass aus dem Ärmel zu ziehen. »Und ganz nebenbei steigt Ihr Gewinn. Sie haben sich ja zuvor günstig eingedeckt. Je mehr Menschen Ihre Trades nachahmen, umso stärker steigt nicht nur der Preis, sondern auch Ihr Gewinn. Sie können aussteigen und die Performance der Aktie kann Ihnen egal sein. Wenn dann auch Ihre Abonnenten aussteigen, fällt der Kurs in sich zusammen, und da keine Nachkäufe stattfinden, geht es rapide bergab.« Steinbrecher lehnte sich genüsslich zurück und verschränkte die Arme vor seinem Bauch.

»Ich sehe, Sie haben sich gut über das Geschehen am Aktienmarkt informiert. Aber das sind die Gesetze des Aktiengeschäfts, gegen die kann ich nichts tun. Im Übrigen steht das alles auch in meinen Geschäftsbedingungen, die Sie sicher gelesen haben.« Westenberg grinste siegesgewiss.

Den Kommissaren war der Wind aus den Segeln genommen. Trotzdem entgegnete Bohlan: »Natürlich weiß ich, dass Sie das alles richtig in den Geschäftsbedingungen wiedergegeben haben. Da haben Sie sich abgesichert. Nur Ihre Abonnenten werden das in der Regel entweder nicht gelesen oder nicht bedacht haben.«

»Das ist aber nicht meine Schuld! Jeder ist des Lesens mächtig«, fuhr Westenberg Bohlan in die Parade.

»Ja. Punkt für Sie. Aber darum geht es mir auch nicht. Ich wollte nur verdeutlichen, dass es genügend Menschen geben könnte, die einen Hass oder zumindest Unmut gegen Sie hegen.«

»Mag sein, aber was hat das mit Finns Tod zu tun?«

Touché, durchfuhr es Bohlan. Hass gegen Westenberg wäre ein Tatmotiv für einen Mord an ihm.

Bohlan wechselte abrupt das Thema. »Was haben Sie denn in der Tatnacht gemacht?«

Westenberg tat so, als müsse er einen Moment nachdenken.

»Das war am …?«

»Montag in der Früh …«

»Da war ich die ganze Nacht mit meiner Freundin zusammen.«

»Und die heißt?«

»Patricia. Ich kann Ihnen gern ihre Telefonnummer und Adresse geben.«

Bohlan schob Westenberg grimmig blickend ein Papier über den Tisch hin zu, auf dem dieser süffisant grinsend die Daten notierte.

»Befragen Sie sie ruhig. Sie wird meine Aussagen vollumfänglich bestätigen. Die Mühe können Sie sich also sparen.« Westenberg grinste erneut überheblich, was Bohlan innerlich zum Explodieren brachte. Aber das ließ er sich nicht anmerken. Wäre ja noch schöner, wenn ihn so ein Finanzschnösel aus der Reserve locken könnte. Stattdessen knurrte er nur: »Das lassen Sie mal meine Sorge sein. Und Sie halten sich weiterhin zu unserer Verfügung, dass wir uns gleich richtig verstehen.«

»Kein Problem.« Westenberg machte Anstalten, sich zu erheben.

»Eine Frage habe ich noch«, sagte Bohlan. Westenberg hielt in seiner Bewegung inne.

»Kenn Sie einen Janos Hellwig?«

Westenberg dachte einen Moment nach.

»Hellwig? – Nein, das sagt mir nichts. Was ist mit ihm?«

»Er ist auch Abonnent Ihres Börsenbriefes.«

»Ich habe viele Abonnenten, aber ich kenne die wenigsten persönlich.«

»Dachte ich mir.«

Bohlan erhob sich und Westenberg nutzte die Gelegenheit, sich zu verabschieden.

Julia Will saß im Behandlungszimmer ihrer Frauenärztin und zupfte nervös an ihrem Pullover herum. Aus den Augenwinkeln beobachtete sie die Ärztin, die Daten in den PC tippte. Nach einigen Minuten Stille, die Julia Will wie eine halbe Ewigkeit vorkamen, sagte diese: »Herzlichen Glückwunsch, Frau Will! Sie sind schwanger.«

Es ist tatsächlich wahr, durchfuhr es Will. Ein kleines Leben wuchs in ihr heran. »Das ist unglaublich«, stammelte sie.

Die Ärztin lächelte zufrieden: »Ich freue mich sehr für Sie.«

Es folgte eine kurze Pause, bevor Julia sie unsicher ansah und zaghaft fragte: »Und was muss ich jetzt tun?«

»Keine Sorge – das meiste regelt zum Glück die Natur. Und das Kind wächst von ganz allein. Trotzdem sollten Sie auf ein paar Dinge achten.« Sie drückte Will ein paar Merkblätter in die Hand und gab ihr grundlegende Tipps zum Thema Schwangerschaft. Was man essen sollte, welche Art von Bewegung am besten geeignet war und Ähnliches.

Als die Ärztin fertig war, fragte Julia: »Wie weit bin ich denn schon?«

»Es könnte die fünfte Woche sein.«

Beim Aufstehen merkte Julia, wie ihr Tränen in die Augen stiegen. »Danke« sagte sie leise.

Die Ärztin begleitete Julia zur Tür. Beim Verlassen der Praxis verspürte sie Freude über das kleine Wunder in ihrem Bauch. Nichts auf dieser Welt konnte diesen Moment trüben.

Nachdem Westenberg gegangen war, füllte Bohlan einen Pott mit Kaffee und lief hinunter in einen der zahlreichen Innenhöfe des Polizeipräsidiums. Sonnenstrahlen und eine ordentliche Portion Frischluft hellten seine Stimmung auf. Normalerweise brachte ihn so schnell nichts mehr aus der Ruhe. Dafür war er schon zu lange bei der Mordkommission. In seiner Laufbahn hatte er fast alles erlebt: gruselige Morde, Tötung im Affekt, aus Habgier oder Eifersucht. Morde im Politikmilieu oder beim Karneval, sogar bei den Leichtathleten und im Profifußball hatte er schon ermittelt. Bohlan war mit allen Wassern gewaschen.

Aber es gab einen Schlag Menschen, den er auf den Tod nicht ausstehen konnte. Tobias Westenberg gehörte eindeutig zu dieser Gattung. Der Kerl war überheblich und schleimig, noch dazu ein Besserwisser. Bohlan war klar, dass er sich in Zaun halten musste. Er durfte sich nicht von seinen Gefühlen leiten lassen. Nur weil Westenberg unsympathisch und arrogant war, machte ihn das nicht automatisch zum Mörder. Doch manchmal fiel es schwer, seine Gefühle aus den Ermittlungen herauszuhalten.

Als Nächstes war Patricia Simon an der Reihe. Bohlan war zwar zu hundert Prozent davon überzeugt, dass sie Westenbergs Alibi bestätigen würde. Aber man konnte nie wissen. Nicht selten kommt alles anders, als man denkt. Überraschende Wendungen gab es nicht nur in spannungsgeladenen Krimiplots.

»Na, was stehst du hier so allein herum?«

Bohlan sah erschrocken zur Seite. Er hatte niemanden kommen gehört. Neben ihm stand Steinbrecher und zündete sich eine Zigarette an.

»Ich muss Westenbergs Auftritt verdauen.«

»Ein unsympathischer Kerl«, bestätigte Steinbrecher, »das war mir schon nach den Videos aus dem Netz klar.

Ich verstehe sowieso nicht, warum so viele auf ihn hereinfallen.«

»Das hat mir Gier zu tun. Gier frisst Hirn«, raunzte Bohlan.

Steinbrecher schnickte Asche auf den Boden.

»Vermutlich!«

Die beiden blieben eine Zeit lang schweigend nebeneinander stehen.

»Was machen eigentlich deine Tanzkünste?«, fragte Steinbrecher unvermittelt.

»Ich werde bestimmt bald von Let's Dance verpflichtet«, sagte Bohlan etwas überheblich. »Darf ich um den nächsten Tanz bitten?«

Er drehte sich dabei zu Steinbrecher und deutete eine leichte Verbeugung an, erntete aber nur ungläubiges Staunen. »Na, komm schon, du wirst mir doch nicht ein Tänzchen ausschlagen wollen, oder?«

Steinbrecher stierte Bohlan weiterhin vollkommen verständnislos an. Dann versuchte er es mit lautem Lachen.

»Du bist allenfalls ein Traumtänzer!«

»Das gibts doch nicht!«, stieß Bohlan aus. »Jetzt lachst du mich aus! Mein Kollege lacht mich mitten im Hof des Polizeipräsidiums aus! Das muss man sich mal vorstellen!«

Steinbrecher stellte das Lachen ein und musterte Bohlan, doch der spielte weiterhin sein Schauspiel und deutete jetzt ein paar Tanzschritte an.

»Tom, hör bitte mit diesem Theater auf! Wir wollen uns doch nicht vor dem gesamten Kollegium blamieren, oder?«

»Nein, natürlich nicht! War nur ein Scherz!«

Bohlan prustete laut los. Beide mussten lachen.

Manchmal hilft Albernheit über den Tag, dachte Bohlan. Ein paar Minuten Spaß konnten einiges an Stress aufwiegen.

Steinbrecher zerdrückte den Zigarettenstummel in einem der aufgestellten Aschenbecher.

»Ich geh schon mal rauf und versuche, die Simon zu erreichen.«

»Okay!«. Bohlan sah seinem Kollegen hinterher und nippte am Kaffee, der mittlerweile kalt geworden war. Am Abend musste er dringend Tanzschritte üben. Tamara würde ihm ein Tänzchen nicht verweigern. Im Gegenteil, sie würde darauf bestehen!

Seit Julia Will die Arztpraxis verlassen hatte, fluteten tausend Gedanken ihr Gehirn. Auf der einen Seite war da die pure Freude, das totale Glück. Sie hatte sich immer Kinder gewünscht. Auf der anderen Seite bedeutete dies, dass sich ihr Leben radikal verändern würde. Nichts würde so bleiben, wie es war.

Wie würden die nächsten Monate verlaufen? Wie würde sie die Schwangerschaft verkraften? Könnte sie weiter als Kommissarin arbeiten? Und wie würde Alex auf all das reagieren?

Zu Hause angekommen, ließ sie sich im Wohnzimmer auf die Couch fallen und von Vorabendserien berieseln. Obwohl die Handlungsstränge einfach gehalten waren, fiel es ihr schwer, sich auf den Inhalt zu konzentrieren. Immer wieder drifteten ihre Gedanken ab, ohne selbst eine Zielrichtung einzunehmen.

»Julia!«

Erschrocken sah sie auf. Vor ihr stand Alex und sah sie besorgt an.

»Was ist los?«, fragte er sanft.

»Ich ... ich muss dir etwas sagen«, murmelte sie leise und sah unsicher zu Boden.

Alex setzte sich neben sie und nahm ihre Hand. »Du kannst mir alles sagen, das weißt du.«

Julia hatte auf der Fahrt von der Praxis nach Hause hin und her überlegt, wie sie Alex die Nachricht überbringen sollte, hatte diesen und jenen Satz in Gedanken formuliert und wieder verworfen.

»Ich bin schwanger«, sagte sie ohne Umschweife.

Ein Lächeln breitete sich auf Alex' Gesicht aus. »Das ist doch großartig! Bist du dir auch sicher?«

Julia nickte schnell. »Ich war bereits bei meiner Ärztin.«

Alex umarmte seine Freundin fest. »Das ist wundervoll!«

»Ja, sicher!«, sagte sie und lächelte. »Aber was wird mit meinem Job?«

Alex verwunderte die Frage in keiner Weise. Julia wünschte sich ein Kind, aber es war immer klar, dass sie niemals ihren Job aufgeben würde. Sie hatten dieses Thema oft diskutiert. Bislang hatten sie es aber nie bis zum Ende gedacht. Klar war, dass ein Kind Zeit benötigen würde und dass sie beide dafür beruflich kürzertreten müssten. Alex leitete eine Physiotherapiepraxis und betreute die Eintracht-Spieler. Das war ein Fulltime-Job, aber er hatte Angestellte. Da ließ sich einiges organisieren. Julia könnte bestimmt Stunden reduzieren – rein theoretisch. Wenn da nicht ihr Hang zur Perfektion wäre und sie selbst nur ungern zurücksteckte ... Lieber arbeitete sie mehr als weniger, gerade wenn sie in einem aktuellen Fall steckte. Dann musste auf Teufel komm raus ein Rätsel gelöst, beziehungsweise der Täter überführt werden.

Er legte beruhigend eine Hand auf ihren Rücken und sagte: »Sprich am besten mit Tom. Dem wird schon was einfallen.« Natürlich war Alex klar, dass dies nur der Anfang sein würde. Aber ihm fiel nichts Besseres ein. Es würde eine Lösung geben. Schließlich war Julia nicht die einzige Kommissarin, die auch Mutter war.

Julia atmete tief durch, froh darüber, einen Partner wie

Alex zu haben.

»Ja, du hast recht.«

Am Abend verließ Bohlan das Präsidium mit hungrigem Magen. Er fuhr schnurstracks nach Höchst, parkte den Lupo vor dem Hausboot und ging die wenigen Meter zur Altstadt zu Fuß. Im Gasthaus »Zum Bären« fand er einen leeren Tisch und starrte bald mürrisch auf sein Geripptes. Der Tag war kräftezehrend gewesen und die Ermittlungen zogen sich wie Kaugummi. Gedankenverloren wanderte sein Blick durch den Raum, glitt über die holzvertäfelten Wände und blieb an den verschnörkelten Lampen über den Tischen hängen. Hier war bestimmt seit fünfzig Jahren nichts ausgetauscht oder verändert worden. Was mochte das Inventar alles erlebt haben? Die Gespräche, die hier stattgefunden hatten, könnten Bücher füllen. Aber was waren schon Bibliotheken! Die Welt draußen war im Fluss. Alles änderte sich. Immer schneller. Nichts blieb, wie es war. Doch hier drin in der Gaststube war seit Jahrzehnten alles an seinem Platz. Und so würde es bestimmt auch die nächsten Jahre bleiben. Er war froh über die alteingesessenen Kneipen und Wirtshäuser. Sie boten Vertrautheit, gaben Halt und Geborgenheit. Da konnte die Welt aus den Fugen geraten, wie sie wollte – hier drinnen blieb alles an seinem Platz. Ein bisschen Heimat, das braucht der Mensch nun einmal. So oder so ähnlich musste es auch Peter Alexander ergangen sein, als er das Lied von der kleinen Kneipe gesungen hatte: »Die kleine Kneipe in unserer Straße, dort wo das Leben noch lebenswert ist ...«

Plötzlich klopfte ihm jemand auf die Schulter.

»Hey, Tom, lange nicht gesehen!«

Heiko Vomhaus' markante Stimme konnte Bohlan sofort identifizieren. »Erlaubnis zum Setzen?«

Bohlan beobachtete misstrauisch, wie der Chefredakteur der »Höchster Zeitung« ihm gegenüber Platz nahm. Der Journalist wohnte ein paar Straßen weiter. Wie meist steckte seine stämmige Gestalt in einem hellbraunen Anzug zum karierten Hemd. Auf seinem Kopf thronte eine Schiebermütze. Bohlan musste bei diesem Outfit jedes Mal an Sherlock Holmes denken. Nur der obligatorische Notizblock fehlte diesmal. Vermutlich hatte Vomhaus längst Feierabend, doch eine Stimme in Bohlan flüsterte: »Vorsicht! Ein Journalist hat niemals Freizeit.«

Die Bedienung brachte das bestellte Schnitzel mit grüner Soße und platzierte es vor dem Kommissar.

»Oh, das nehme ich auch!«, säuselte der Journalist, »und dazu bitte einen Bembel!«

Bohlan wollte etwas erwidern, doch Vomhaus kam ihm zuvor. »Der geht natürlich auf meine Rechnung!«

Die beiden plauderten eine Zeit lang über belanglose Themen. Das Wetter, die letzten Fußballergebnisse, die Stadtpolitik und allerlei mehr. Nachdem beide ihr Schnitzel verdrückt und den nächsten Bembel geordert hatten, platzte Vomhaus wie zufällig mit einer Frage heraus. »Gibts Neuigkeiten zum Mordfall am Eisernen Steg?«

Bohlan runzelte die Stirn. Er hatte keine Lust, über die laufenden Ermittlungen zu sprechen, aber irgendwie reizte es ihn doch. »Ich kann dir nur so viel sagen: Es ist verdammt schwierig.«

Vomhaus grinste breit. »Aber ihr habt doch sicher einen Verdächtigen im Visier!«

Bohlan wollte das weitere Gespräch abblocken, doch vor Vomhaus ein Geheimnis zu bewahren, war nahezu unmöglich. Und verscherzen wollte er es sich mit ihm auch nicht. Ein gutes Verhältnis zu vertrauenswürdigen Journalisten war Gold wert.

Der Kommissar schob den Kopf nach vorne. »Also gut,

ich verrate dir ein paar Details, aber du lässt deinen gottverdammten Notizblock in der Tasche!«

»Off the record! Du kennst mich doch!«

Vomhaus war Höchster durch und durch. Böse Zungen behaupteten, er sei ein ausgesprochener Frankfurt-Hasser, trauere den alten Zeiten nach, in denen Höchst Kreisstadt gewesen war und ein eigenes Nummernschild gehabt hatte.

Nach anfänglichen Startschwierigkeiten hatten die beiden längst ein nahezu freundschaftliches Verhältnis zueinander entwickelt und Vomhaus hatte Bohlan in zahlreichen Artikeln lobend erwähnt. Seit dem Fall um das geheimnisvolle Manuskript eines Höchster Antiquars vertraute der Kommissar dem Journalisten. Je mehr sie tranken, desto lockerer wurde Bohlans Zunge. Bald redete er offen über den Fall: Verdächtige, mögliche Motive und ungeklärte Fragen.

»Wirtschaftskrisen und Spekulationsblasen sind keine Erfindung der heutigen Zeit«, fabulierte Vomhaus, nachdem Bohlan über Kryptowährungen und andere Spekulationen berichtet hatte.

»Sagt dir die ›Tulpenkrise‹ etwas?«

»Tulpenkrise?!«, echote Bohlan. »Nein, nie davon gehört.«

»Bereits im siebzehnten Jahrhundert erschütterte ein Börsencrash Hollands Wirtschaft. Allerdings ging es da nicht um Aktien oder Bitcoins, sondern um Tulpen«, dozierte Vomhaus.

»Wie bitte?«, fragte Bohlan mit schwerer Zunge.

»Ja, du hast richtig gehört. Auf dem Höhepunkt der Tulpenspekulation brach das ganze Wirtschaftssystem spektakulär zusammen.«

»Was war passiert?«, wollte Bohlan wissen.

»Ein gewisser Carolus Clusius, Präfekt des bekannten

botanischen Gartens, hatte die ersten Tulpen aus der Türkei nach Holland eingeführt. Nach und nach begannen die Züchter mit Kreuzungen, erschufen immer neue Formen und Farben. Die seltenen Tulpen galten als luxuriös. Ihre Beliebtheit stieg immer weiter. Da es nie genug Tulpen für die großen Nachfrage gab, kletterten die Preise. Erst langsam, dann immer rasanter. Es erwachte ein wahres Spekulationsfieber. Die Aussicht auf großen Reichtum ohne Arbeit heizte die Preise zusätzlich an. Egal ob Adel, Kaufmann, Bauer, Knecht oder Dienstmädchen – jeder spekulierte mit den Zwiebeln. Das war auch einfach, da die Tulpen nicht an der streng kontrollierten Amsterdamer Börse gehandelt wurden. Wirtsleute veranstalteten im ganzen Land Tulpenauktionen.

In der Hoffnung auf schnelle Gewinne sprangen immer mehr Spekulanten auf den fahrenden Zug auf. Irgendwann wurden keine Zwiebeln mehr gehandelt, sondern die Sortennamen. Es wurden Anteilsscheine ausgestellt, den heutigen Aktien nicht unähnlich. Sie wechselten ihren Besitzer oftmals mehr als zehnmal pro Tag. Der volle Kaufpreis wurde aber erst bei Übergabe der Tulpenzwiebel fällig. Bald standen Preis und Wert zueinander in keinem reellen Verhältnis mehr. Auf dem Höhepunkt der Blase kostete eine Tulpenzwiebel mehr als ein Haus.«

»Ich dachte immer, dieser Irrsinn sei eine Erfindung der heutigen Zeit!« Bohlan schüttelte ungläubig den Kopf und verteilte den letzten Rest Ebbelwei auf die beiden Gläser. »Wie ist die Sache mit den Tulpen ausgegangen?«

»Es kam, wie es kommen musste. Auf dem Höhepunkt der Tulpenzwiebel-Hausse stiegen die ersten Spekulanten wieder aus, um sich ihre Gewinne zu sichern. Dies löste eine Verkaufspanik aus und die Preise stürzten ins Bodenlose. Die Tulpenblase platzte wie ein Luftballon. Halb Holland war ruiniert. Zehntausende verloren ihr gesamtes

Hab und Gut, darunter auch der berühmte Maler Rembrandt. Die Tulpenkrise war der erste Börsencrash der Neuzeit.«

Bohlan schüttelte nochmals den Kopf.

»Du siehst: Es ist immer der gleiche Mechanismus. Es gibt einen Run, alle wollen auf den fahrenden Zug aufspringen und den Letzten beißen am Ende die Hunde. So war es immer und so wird es immer sein.« Vomhaus hielt Bohlan sein Glas entgegen, die beiden stießen nochmals an und leerten die Gerippten. Der Journalist griff nach dem Bembel. Er fühlte sich leicht an. Vomhaus warf einen prüfenden Blick in das Steinzeug.

»Leer!«, stieß er enttäuscht aus.

»Dann ist es wohl Zeit zum Aufbrechen!«, sagte Bohlan. Die Müdigkeit hatte ihn längst übermannt.

»Das war ein wirklich spannender Abend«, sagte Vomhaus. »Halt mich bitte auf dem Laufenden.«

Bohlan nickte.

Sie standen beide leicht schwankend auf, klopften sich zum Abschied ausgiebig auf die Schultern und trotteten in entgegengesetzte Richtungen davon – jeder zu seinem Bett.

Walter Steinbrecher saß auf dem Balkon seiner Wohnung und ließ den Blick nachdenklich über den Hinterhof schweifen. Viel sehen konnte er nicht. Bornheim war in ein magisches Halbdunkel getaucht. Der Kommissar, eingepackt in einen dicken Pullover, genoss die frische Luft. Auf dem kleinen Metalltisch vor ihm standen eine Flasche Bier und der wahre Grund für das Verweilen auf dem Balkon: die letzte Zigarette des Tages. Obwohl er ein Zigarettenjunkie war, rauchte er nie in seiner Wohnung. Selbst er empfand kalten Zigarettenrauch als störend. Vom Balkon unter ihm dröhnte schon wieder Schlagermusik nach oben. Sie schmerzte in seinen Ohren, doch da er keinen neuen

Streit mit Frau Niedermeyer und Herrn Passneck anzetteln wollte, unternahm er nichts. Heute war es zur Abwechselung nicht Vicky Leandros, sondern Roland Kaiser, der sein »Santa Maria« schmetterte. Irgendwo hatte Steinbrecher gelesen, dass der Schlagersänger den Text als Persiflage geschrieben hatte, weil sein damaliger Produzent den ursprünglich vorgesehenen Text abgelehnt hatte. Mit einem übertriebenen schnulzigen, schwülstigen und kitschigen Reim wollte er den Produzenten ärgern.

»Santa Maria / Insel, die aus Träumen geboren / Ich hab meine Sinne verloren / In dem Fieber, das wie Feuer brennt.«

Doch der Produzent war hellauf begeistert gewesen. Ironie des Schicksals, dachte Steinbrecher. Nun musste der gute Kaiser tagein, tagaus seinen Scherztext singen und gute Miene dazu machen. Steinbrecher bemerkte irritiert, wie sein rechter Fuß im Takt wippte. Er sog an seiner Zigarette und seine Gedanken schweiften zu Julian ab. Dieser würde bald den Fecher von den Umweltaktivisten befreien und haderte deswegen mit sich, seiner Freundin und der Welt.

»Verdammter Fecher!«, stieß der Kommissar aus und blies eine Rauchwolke in die Nacht, die sich im Dunklen verflüchtigte. Plötzlich durchzuckte Steinbrecher eine Idee: Der Fecher und die Schäfflestraße – da lagen nur ein paar Hundert Meter dazwischen! Finn Bauernfeind hatte in direkter Nähe zum Lager der Umweltaktivisten gewohnt! War das bloßer Zufall oder gab es womöglich einen Zusammenhang?

Je länger er darüber nachdachte, desto plausibler erschien ihm die Möglichkeit, versponnen sich wilde Theorien mit den bislang spärlichen Ermittlungsergebnissen. Er drückte die Zigarette im Aschenbecher aus und leerte das

Bier in einem Zug. »Das ist keine seriöse Ermittlungstechnik«, sagte er zu sich selbst und versuchte im Aufstehen, die Theorie aus seinen Gedanken zu tilgen. Eine Etage tiefer schmetterte Roland Kaiser: »Die Gefühle sind frei ...«

Steinbrecher schloss die Balkontür und schaltete den Fernseher an.

9.

Die Strahlen der aufgehenden Sonne fielen auf Bohlans Gesicht und weckten ihn aus einem tiefen, traumlosen Schlaf. Im ersten Moment verfluchte er sich selbst, da er den Vorhang in der Nacht nicht zugezogen hatte. Mit seinem zweiten Gedanken erfreute er sich des guten Wetters. Trotz des ebbelweigetränkten Abends fühlte er sich erstaunlich frisch und voller Tatendrang. Dieser Elan musste ausgenutzt werden! Er kramte die Laufkleidung hervor, zog sich Sportschuhe an und drehte noch vor dem Frühstück seine Runde. Sie führte ihn an der Wörthspitze entlang der Nidda in Richtung Sossenheim. Die kalte Morgenluft flutete sein Gehirn und die Sonne schien ihm ins Gesicht. Genau so sollte jeder Tag anfangen!

Nach einer warmen Dusche und dem ersten Kaffee saß er eine Stunde später im Lupo. Er war gespannt auf den Tag.

Er verließ die Autobahn stadteinwärts in Richtung Polizeipräsidium und landetet prompt im morgendlichen Rückstau. Die Blechlawine bewegte sich nur langsam Richtung Kreuzung an der Adickesallee.

»Typisch Frankfurt!«, murmelte Bohlan genervt. Vielleicht sollte er sich ein E-Bike zulegen, wie es einige seiner Kollegen getan hatten. In der Kantine schwärmten sie, wie viel entspannter sich die Fahrt zum Dienst seitdem anfühlte.

Bohlan näherte sich der Ampel. Spätestens die übernächste Grünphase sollte reichen. Vor ihm turnte ein obdachloser Zeitungsverkäufer zwischen den Autos herum. Der Mann hatte ein faltiges, vom Leben auf der Straße gezeichnetes Gesicht und einen weißen Rauschebart. Etwas gepflegter könnte er gut und gern als ZZ-Top-Mitglied durchgehen. Nur die orangefarbene Warnweste passte nicht so ganz. Geschäftstüchtig wedelte er mit Zeitungen durch die Luft.

Bohlans Blick fiel auf die Titelseite. Irgendwas stand da mit Leiche am Eisernen Steg. Verdammt! Jetzt geht der Presserummel los. Eine Schlagzeile über die Langsamkeit der Polizeiarbeit war das Letzte, was sie gebrauchen konnten. Er kurbelte das Fenster herunter und winkte. Der Zeitungsverkäufer kam mit einem breiten Lächeln näher.

»Morgen! Was kann ich für Sie tun?«

»Ein Exemplar!«, sagte Bohlan mit einem Geldschein in der Hand. »Der Rest ist für Sie!«

Der Obdachlose nickte dankbar. Bohlans Miene wurde ernst. »Sagen Sie mal, haben Sie etwas über diese Leiche am Eisernen Steg gehört?«

Der Obdachlose wirkte überrascht: »Nein ... – nur das, was in der Zeitung steht.« Er deutete auf die Titelseite.

»Gut«, sagte Bohlan und zeigte seine Polizeimarke. »Vielleicht können Sie sich einmal in der Szene umhören. Und wenn Ihnen da was auffällt, können wir uns ja noch einmal unterhalten.«

Der Obdachlose lächelte zurück. »Aber immer gern doch.«

Die Ampel schaltete auf Grün und Bohlan trat aufs Gas.

»Wie kann ich Sie erreichen?«, brüllte der Zeitungsverkäufer in den aufbrausenden Verkehrslärm.

»Ich komme hier jeden Morgen vorbei«, brüllte Bohlan zurück.

Also zunächst doch kein E-Bike! Er hatte das Gefühl, eine wichtige Spur aufgetan zu haben. Zumindest hatte er einen neuen Freund am Straßenrand gewonnen.

Im Präsidium ankommen, setzte Bohlan sich an seinen Schreibtisch und schlug die Zeitung auf. Der Artikel in der

Boulevardzeitung erfüllte seinen schlimmsten Befürchtungen. In der typischen reißerischen Sprache wurde von einem blutrünstigen Mord in Frankfurts City berichtet. Und die Polizei tappe natürlich wieder im Dunkeln, während der Messermörder frei herumlaufe und sein Unwesen treibe. Es folgten einige wüste Vermutungen darüber, was Hintergrund des brutalen Mordes sein könnte. Natürlich fielen die Begriffe Drogen, Zuhälter und Milieu. Es fehlte nur der Zusatz: Wie immer!

Bohlan pfefferte die Zeitung wutentbrannt auf den Besprechungstisch. In dem Moment betrat Steinbrecher den Raum.

»Ist was passiert?«

»Die Schreiberlinge haben zugeschlagen!«

Steinbrecher warf einen flüchtigen Blick auf die Titelseite und holte sich erst einmal eine Tasse Kaffee, bevor auch er den Artikel las.

»Na ja«, grunzte er, »den Pulitzerpreis bekommen sie dafür nicht. Aber was hast du erwartet? Das übliche Blabla!«

»Ja, klar. Es nervt einfach nur!«

»Was schreiben denn die anderen Zeitungen?«

»Nichts, die haben ja bislang sachlich und nüchtern berichtet.« Bohlan musste an den gestrigen Abend denken. Heiko Vomhaus käme niemals auf die Idee, einen solchen Schwachsinn zu verzapfen.

»Wir sollten uns von den Boulevard-Schreiberlingen nicht ärgern lassen.«

Bohlan nickte, schwieg aber.

»Schlechte Stimmung?«, wollte Will wissen, die gerade zusammen mit Steininger eingetroffen war.

Steinbrecher deutete zur aufgeschlagenen Zeitung auf dem Besprechungstisch.

»Kacke!«, entfuhr es Steininger, während Will die

Schlagzeilen mit Nichtbeachtung strafte und sich an ihren Schreibtisch setzte.

»Bei dir alles okay?«, wollte Bohlan wissen.

»Was soll denn nicht okay sein?«

»Dein Arztbesuch gestern?!«

»Ach so, ja, ja, alles paletti!«

Bohlan zog die Augenbrauen zusammen, unterließ aber weitere Nachfragen. Wenn was wäre, würde er es sicher früher oder später erfahren.

Will wechselte abrupt das Thema. »Wie war es gestern mit dem Börsenguru?«

»Das übliche Geschwätz«, klärte Steinbrecher auf. »Er kann natürlich nichts für die Kursverluste und für die Mordnacht hat er ein weibliches Alibi.«

»Das habt ihr schon überprüft?«, wollte Will wissen.

Steinbrecher schüttelte Kopf.

»Das steht heute an«, sagte Bohlan.

»Das Alibi heißt übrigens Patricia Simon und ist Influencerin«, fügte Steinbrecher hinzu.

»Wenn du fit bist, bist du dabei.«

»Natürlich bin ich fit. Was für eine Frage!«

Dafür, dass seine Kollegin in den vergangenen Tagen einen formidablen Durchhänger hatte, war sie heute voller Tatendrang. Ähnlich wie er selbst. Es schien sich alles zum Guten zu wenden.

Etwas später stand Steinbrecher mit Bohlan im Innenhof des Polizeipräsidiums, hatte einen Glimmstängel im Mundwinkel und trat ein wenig nervös von einem Bein aufs andere. Eigentlich gab es keinen wirklichen Grund für seine Nervosität. Sie kannten sich seit Jahrzehnten, hatten manchen Fall zusammen gelöst. Was die Lösung eines Falls betraf, war Bohlan immer für jede Theorie aufgeschlossen, mochte sie auf den ersten Blick auch abwegig oder abstrus erscheinen. Seit sich am Abend diese Idee in seine Gedanken geschlichen hatte, wurde er sie nicht mehr los.

»Tom«, setzte Steinbrecher an und nahm dabei die Kippe aus dem Mundwinkel, »ich habe da einen etwas abwegigen Gedanken.«

»Und der wäre?«

Steinbrecher räusperte sich und atmete tief durch, bevor er fortfuhr. »Es gibt doch da im Fecher dieses Camp der Klimaaktivisten ...«

»Ich weiß, die demonstrieren gegen den Riederwaldtunnel«, erwiderte Bohlan mürrisch.

»Genau. Das ist doch nur wenige Hundert Meter von Finns Wohnung entfernt«, führte Steinbrecher weiter aus. »Die Schäfflestraße liegt quasi vis-à-vis!«

Bohlan hob skeptisch die Augenbrauen.

»Wäre doch gut möglich, dass Finns Ermordung im Zusammenhang mit den Protesten stehen könnte.«

Steinbrecher sah Bohlan in die Augen und versuchte, an dessen Mimik zu erkennen, was dieser dachte. Doch Bohlans Gesicht zeigte keinerlei Regung, stattdessen fragte er: »Gibt es dafür irgendwelche Beweise oder Indizien? Oder ist das nur eine persönliche Vermutung?«

Steinbrecher schüttelte langsam den Kopf. »Nein, Tom, es ist nur ein Gedanke ... Eine Idee aufgrund der räumlichen Nähe des Protestlagers zur Wohnung des Toten.«

Bohlan überlegte einen Moment lang. »Wir sollten das im Auge behalten«, sagte er.

Ein erleichtertes Lächeln huschte über Steinbrechers Gesicht – doch dann wurde es wieder ernst.

Bohlan fuhr fort: »Natürlich nicht als heiße Spur, aber es sollte präsent sein. Vielleicht gibt es irgendwann ein Indiz, das deiner Idee mehr Gewicht verleiht.«

»Du hältst es also nicht für vollkommen abwegig?«

»Nein! Wir wissen doch beide, wie das ist. Manchmal ist es nur ein Bauchgefühl, das uns auf eine heiße Spur führt. Wir werden sowieso jeden Stein umdrehen müssen.«

Steinbrecher nickte dankbar.

»Ich habe heute Morgen übrigens den Zeitungsverkäufer an der Kreuzung zum Präsidium auf unseren Fall angesetzt. Er will sich in der Szene umhören«, sagte Bohlan und legte eine Hand auf Steinbrechers Schulter. »Wie bist du eigentlich auf die Aktivisten gekommen?«

»Julian ist dort zur Räumung des Lagers eingeteilt.«

»Steht das demnächst an?«

»Ja. Und er hat deshalb ordentlich Stress mit Melli.«

»Verstehe!«

Bohlan begleitete Steinbrecher nicht mehr ins Kommissariat, sondern ging gemeinsam mit Will in die Tiefgarage des Polizeipräsidiums, wo er seinen Wagen geparkt hatte.

»Ich habe mich über Patricia Simon und die Influencer-Szene ein wenig schlaugemacht«, sagte Will, während Bohlan den Wagen auf die Eschersheimer lenkte.

»Dubais Glitzerwelt scheint für die Influencer-Szene ein wahres Eldorado zu sein.«

»Warum ausgerechnet Dubai?«

»Dazu komme ich gleich. Vorher solltest du wissen: In den letzten Jahren hat das Influencer-Marketing in sozialen Netzwerken einen rasanten Aufschwung erlebt. Firmen wenden sich zunehmend an Online-Stars, die erstellen gegen großzügige Bezahlung markenbezogene Inhalte auf Instagram, Youtube oder Tiktok. Dadurch beeinflussen sie das Konsumverhalten ihrer Follower. Dubai gilt als Manhattan des Nahen Ostens. Es wird zu neunzig Prozent von Expats bewohnt.«

»Expats?«

»Das bedeutet Auswärtige, also Zugezogene. Dubai ist

so etwas wie die Welthauptstadt der Influencer: Dort tummeln sich Reality-TV-Stars, Models und Designer aus den USA, Frankreich, dem Libanon, Großbritannien, Indien und so weiter.«

»Du hast meine Frage immer noch nicht beantwortet«, knurrte Bohlan.

»Dubai ist eine Stadt, in der das ganze Jahr die Sonne scheint. Und sie ist aus jedem Blickwinkel fotogen: am Strand, mitten in der Wüste, auf einer Skipiste, an Bord einer Jacht oder in einer luxuriösen Mall.«

»Hm, klingt logisch!« Bohlan sah sich in Gedanken an einem Strand vor glitzernden Hochhäusern liegen.

»Hinzu kommen die steuerlichen Vorteile. Es gibt dort keine Einkommenssteuern, keine Sozialversicherungsbeiträge und auch keine Quellensteuer. Die Mehrwertsteuer beträgt magere fünf Prozent. Und Dutzende Freihandelszonen ermöglichen es Unternehmen, sich niederzulassen, ohne Körperschaftssteuer zahlen zu müssen.«

»Ein wahres Eldorado also«, murmelte Bohlan. »Suchen die da vielleicht auch Polizisten? Ich könne mein Hausboot an den Strand dort verlegen.«

»Eher nicht«, sagte Will lachend, »Dubai gilt als eine der sichersten Städte der Welt. Die Kriminalitätsrate ist sehr niedrig.«

»Das liegt vermutlich am autoritären System,« bemerkte Bohlan. »In der DDR gab es auch keine Gewaltverbrechen. Und wenn, wurden sie unter den Teppich gekehrt. Aber was ist mit der Menschenrechtslage? Die ist doch desaströs! Die Frauenrechte und die Rechte von Menschen ohne Staatsbürgerschaft sind stark eingeschränkt. Es gibt Berichte über Folter und Misshandlungen.«

»Wo viel Sonne ist, ist auch viel Schatten«, konstatierte Will. »Die Expats jedenfalls werden mit offenen Armen empfangen. Zahlreiche lokale Agenturen bieten persönliche Betreuung an, um die Niederlassung zu fördern. Sie haben Zugang zu einer erstklassigen Gesundheitsversorgung. Es gibt eine moderne, ultraleistungsfähige Infrastruktur und hoch qualifiziertes medizinisches Personal.«

»Wo ist also der Haken?«, wollte Bohlan wissen.

»Du brauchst zur Niederlassung eine Lizenz. Mit ihr verpflichtest du dich, das Emirat positiv in den sozialen Netzwerken darzustellen. Die Lizenz kostet eine paar Tausend Dollar.«

»Bezahlen, um Werbung machen zu dürfen – das hört sich erst einmal wie ein klarer Nachteil für die Influencer an.«

»Könnte man meinen. Doch im Gegenzug erhält man zahlreiche Vorteile: Wer hier mit Lizenz als Influencer angemeldet ist, bekommt zahlreiche Möglichkeiten für Werbekooperationen, teilweise auch mit staatlichen Institutionen.«

»Gibt es denn überhaupt keine Nachteile?«

»Doch, die Hitze! Im Sommer wird oft die Vierzig-Grad-Marke geknackt. Selbst Einheimische reisen in diesen Monaten in kühlere Gefilde.«

Sie waren mittlerweile im Westend angekommen und Bohlan lenkte den Wagen in eine Parklücke.

Patricia Simons Wohnung lag in einem Altbau mit repräsentativem Eingang und gediegener Holztreppe. Das Gebäude hatte die Bombardements im Zweiten Weltkrieg unbeschadet überstanden. Bohlan und Will stapften das pieksaubere Treppenhaus bis in den zweiten Stock hinauf, wo Patricia Simon sie an der Tür erwartete und in die Wohnung bat. Die Kommissare folgten ihr und hörten hinter sich die Tür ins Schloss fallen. Es war eine typische Altbauwohnung: hohe Decken, teilweise mit Stuck verziert. Alles war ordentlich, aufgeräumt und spärlich mit Designermöbeln dekoriert. Für Bohlans Geschmack zu unpersönlich. Aber für Storys im Netz bot diese Wohnung eine ausgezeichnete Kulisse.

»Was kann ich für Sie tun?«, fragte Patricia Simon.

Bohlan musterte die Influencerin: wohlgeformte Figur, aufgespritzte Lippen, eng anliegendes Kleid. Man könnte sie für ein Dekogegenstand ihrer eigenen Wohnung halten.

»Sie sind mit Tobias Westenberg befreundet ... liiert ...«

Patricia stieß ein Lachen aus. »Wir sind zusammen, wenn Sie das meinen.«

»Genau. Wir müssen wissen, was Sie in der Nacht von Sonntag auf Montag gemacht haben.«

Patricia schien einen kurzen Augenblick nachzudenken. »Ja, da waren wir – also Tobias und ich – zusammen essen. Bei ›Mutter Ernst‹, dann im Kino und die Nacht habe ich bei ihm verbracht.«

Bohlan griff nach seinem Notizheft. Während er die ersten Stichpunkte notierte, formulierte er im Geist alle Fragen, mit denen er die Influencerin löchern könnte.

»Das hat Herr Westenberg auch gesagt«, murmelte der Kommissar und kritzelte ein paar Notizen in das Heft.

»Dann wirds wohl stimmen«, bemerkte Patricia Simon ein wenig vorlaut.

»Scheint so«, erwiderte Bohlan.

»Sie wohnen nicht wirklich hier, oder?«, fragte Will unvermittelt.

Patricia musterte die Kommissarin. »Das haben Sie gut erkannt. Die meiste Zeit im Jahr bin ich in Dubai.«

»Im Influencer-Paradies«, setzte Will nach.

»Dort ist das Wetter schön, es ist warm. Viele meine Kollegen wohnen dort. Ist momentan ziemlich angesagt.«

»Und steuerlich reizvoll«, schaltete sich Bohlan ein.

»Ja, das stimmt. Auch insoweit ist es ein Paradies.«

»Und moralisch ist das zu verantworten?«

»Für mich schon.«

»Das heißt, Sie führen eine Fernbeziehung?« Mit diesen Worten brachte Julia Will das Gespräch wieder auf eine andere Bahn.

»Wenn Sie das so formulieren ... schon. Wir haben uns erst kennengelernt, als ich schon meinen ersten Wohnsitz nach Dubai verlegt hatte. Aber das ist kein Problem. So hat jeder seine Freiheit und die gemeinsame Zeit ist immer etwas Besonderes. Mal fliege ich her, mal kommt er zu mir. Wir sind ja beide relativ unabhängig.«

»Was machen Sie denn in Dubai?«, wollte Bohlan wissen.

»Alles rund um Internet, Marketing, Webseiten, Social Media, Onlineseminare.« Sie ratterte dies mit einem Gesichtsausdruck herunter, als ginge sie davon aus, dass das für den Kommissar alles böhmische Dörfer waren.

»Und außerdem sind Sie selbst als Influencerin aktiv«, warf Will ein.

»Ja, das ist nur ein Nebenprodukt. Anfangs war es eine Laune, weil alle das machen. Aber mittlerweile ist es sogar ziemlich lukrativ.«

»Ist das nicht sehr anstrengend, dauernd online zu sein, immer was posten zu müssen?«, fragte Bohlan

»Sie überschätzen das. Ich bin nicht dauernd online. Ich produziere die Storys vor und die werden dann automatisch zu bestimmten Zeiten gepostet. Das ist alles nur ein kleiner Teil meines Lebens. Sonst wird man ziemlich kirre.«

Alles nur eine Scheinwelt, dachte Bohlan und kritzelte weitere Stichworte in sein Notizbuch.

»Sind Sie mit Tobias Westenberg auch beruflich verbunden?«, fragte er.

Patricia schmunzelte amüsiert. »Nein, das trennen wir

strikt. Er macht seins, ich meins.«

»Aber gute Aktientipps kann doch jeder gebrauchen?«

»Gut, man schnappt mal was auf. Aber ich kenne mich mit dem Börsenkrempel nicht aus. Ich habe in Bitcoins investiert.«

»Kennen Sie einen Finn Bauernfeid?«

Patricia Simon grübelte einen Moment. »Nein, ich glaube nicht. Wer ist das?«

Bohlan zog das Foto hervor, auf dem Finn mit Esther Herder zu sehen war.

»Nein, nie gesehen. Ist aber ein hübsches Paar.«

»Finn Bauernfeind wurde am Mittwoch am Eisernen Steg erstochen«, sagte Bohlan tonlos.

»Oh!«, stieß Patricia Simon aus und hielt sich erschrocken die Hand vor den Mund. »Ja, ich habe von dem Mord gehört. Das ist wirklich furchtbar. Haben Sie denn schon eine heiße Spur?«

»Wir sind dabei«, sagte Will unverbindlich.

»Er war Abonnent von Westenbergs Aktienbrief. Hat kräftig für ihn getrommelt.«

Patricia Simons Gesichtszüge zeigten keinerlei Reaktion. »Und?«, fragte sie.

»Ihnen ist er wirklich noch nie begegnet?«

»Nein. Nicht, dass ich wüsste. Wie gesagt, wir halten geschäftliche Dinge strikt auseinander. Ich war auch noch nie bei einem seiner Seminare.«

»Okay, Frau Simon, ich denke, das wars«, sagte Bohlan. »Wenn wir noch Fragen haben, melden wir uns gegebenenfalls noch einmal. Und wenn Ihnen noch etwas einfällt, können Sie mich oder meine Kollegin jederzeit anrufen.« Bohlan überreichte ihr seine Karte.

»Was sollte mir denn einfallen?«

»Nur für den Fall, dass Sie in der Nacht von Sonntag auf

Montag zufällig am Main spazieren waren und was gesehen haben.«

»Sie glauben, dass Tobias etwas mit dem Tod zu hat?«

»Nein, aber wir gehen jeder Möglichkeit nach.«

»Selbstverständlich. Und wenn Sie mal was in Social Media machen wollen, jederzeit gern«, erwiderte Patricia Simon.

Bohlan zog die Augenbrauen fragend nach oben.

»Na ja, ein Kommissar hat immer spannende Geschichten. Da lässt sich bestimmt was machen. Haben Sie schon einmal über einen Podcast nachgedacht? Spannende Kriminalfälle, fesselnd erzählt. Das kommt immer an.«

»Ich werde darüber nachdenken«, gab Bohlan lächelnd zurück, »aber ich bin eher ein analoger Typ.«

Patricia Simon sah Bohlan mit irritiertem Gesichtsausdruck an.

Also ergänzte er: »Ich verarbeite Informationen einfach eine nach der anderen. Ich gehe in Kneipen, um mich zu unterhalten. Und ich telefoniere lieber, als eine Whatsapp zu schreiben. So, wie Menschen früher gelebt haben.«

»Das mache ich auch alles. Das eine schließt das andere ja nicht aus.«

»Na, gut. Ich denke darüber nach.«

Als Bohlan und Will wieder im Auto saßen, machte sich ein mulmiges Gefühl in Wills Bauch breit. Schon am Morgen hatte sie mit Bohlan über ihre Schwangerschaft reden wollen. Aber im Kommissariat waren sie nicht allein gewesen und auf der Hinfahrt, waren ihre Gedanken um den Fall und Patricia Simon gekreist. Jetzt aber bot sich eine passende Gelegenheit.

»Tom«, begann sie, »ich muss mit dir über etwas Wichtiges sprechen.«

»Was gibt es denn?«

Julia schnallte den Gurt zögerlich fest. »Ich weiß gar nicht genau, wie ich anfangen soll.«

Bohlan steckte den Schlüssel in die Zündung, startete den Motor aber nicht, sondern sah sie erwartungsvoll an. »Rede einfach drauflos.«

Julia atmete tief durch. »Ich bin schwanger.«

Eine kleine Pause entstand.

Bohlan versuchte Wills Worte zu verarbeiten. Hatte sie das wirklich gesagt? Schwanger?

»Ich gratuliere dir natürlich herzlichst dazu«, sagte er, »aber du weißt, was das bedeutet.«

»Tom«, antwortete Will mit resoluter Stimme, »ich möchte auf jeden Fall weiterarbeiten. Nur weil ich ein Kind bekomme, heißt das doch nicht, dass ich mich aus dem Job zurückziehen muss.«

Bohlans Lächeln verschwand schlagartig aus seinem Gesicht. Er seufzte leise und fuhr sich mit der Hand über den Kopf.

»Ich verstehe dich vollkommen, Julia«, antwortete er, »aber wir haben eine Sorgfaltspflicht für dich und dein Kind. Außenermittlungen sind einfach zu gefährlich – da kann man kein Risiko eingehen!«

Julia presste die Lippen zusammen und ballte ihre Fäuste.

»Dann lass mich wenigstens Innendienst machen. Ich will nicht zu Hause bleiben – da ist es mir viel zu langweilig!«

Für eine gefühlte Ewigkeit sagte keiner der beiden etwas. Bohlan dachte nach, während Will ihn von der Seite anstarrte.

»Okay, Innendienst geht klar. Aber Außenermittlungen sind absolut tabu – das Risiko ist einfach zu groß«, sagte Bohlan schließlich resolut.

Julia nickte erleichtert. »Danke, Tom.«

»Für dich tun wir alles«, sagte er mit einem Lächeln und startete den Motor.

Innendienst ist besser als nichts, dachte Will. Auch wenn Außenermittlungen das Salz in der Suppe waren.

Kapitel 10

Am Abend saß Bohlan an Deck seines Hausbootes und starrte aufs Wasser, das langsam, aber unerbittlich flussabwärts in Richtung Mainz floss. Es war dunkel geworden, und seine Gedanken spielten Karussell. Er hatte einige Gläser Ebbelwei intus und grübelte über Tobias Westenberg und die abgesoffenen Aktien seines Musterdepots.

Wusste Westenberg, was gespielt wurde? War er gar Initiator oder Drahtzieher eines Aktienbetruges? Oder war er selbst auf die Firmengründer dieser Goldminenaktie hereingefallen?

Am Nachmittag hatte Bohlan mit Steinbrechers Freund telefoniert, der Investmentbanker war. Dieser hatte Informationen über die dubiose Minengesellschaft zusammengetragen, die einige Westenbergkunden in den Ruin getrieben hatte. Nach seiner Ansicht war die Firma einzig und allein zum Zweck des Abzockens von Kleinanlegern gegründet worden. Zu einer ernsthaften Exploration wären viele Millionen Dollar nötig gewesen. Man brauchte Explorationsexperten, riesige Bohrgerüste, Bohrköpfe, Personal, Bohrgeräte, Probebohrungen, seismische Daten, Logistik vor Ort wie Zugangsstraßen, Unterkünfte für die Mitarbeiter und geologische Gutachten. All dies war extrem teuer und aufwendig. Die Minenfirma verfügte aber lediglich über eine Büroadresse und eine gut gemachte Internetseite. Von operativ tätigen Mitarbeitern fehlte jede Spur.

Zudem hatten die Initiatoren einen Firmenmantel erworben, diesen umbenannt und mächtig aufgeblasen. Dann war der Kurs auf ein hohes Ausgangsniveau manipuliert worden. Alles schien von langer Hand geplant worden zu sein. Laut Steinbrechers Bekannten war dies kein unübliches Vorgehen und schon oft praktiziert worden. Westenbergs Rolle war es, sicherstellen, dass seine Lemminge wie verrückt die Aktien kauften. Vermutlich hatte er dafür eine satte Kaution kassiert. Der Kerl war sicher nicht so naiv, dass er von der Abzocke nichts mitbekommen und geahnt hätte. Westenberg war weder dumm noch unerfahren. Er wusste, wie das Spiel lief. Angeblich große Rohstoffvorkommen konnten eine goldrauschähnliche Fantasie auslösen, genauso wie Internetbuden.

Der Investmentbanker vermutete, dass man Westenberg den Erhalt von Schmiergeld sicherlich nicht würde nachweisen könnte. Vermutlich hatte dieser einen Geldkoffer in Empfang genommen und den Inhalt auf Konten in Panama, Dubai oder den Bahamas eingezahlt.

Und was war mit Patricia Simon, die schließlich in Dubai wohnte? War sie an dem Deal beteiligt? Zu dumm, dass er von dieser Sache erst nach dem Besuch bei ihr erfahren hatte, jetzt hätte er sie nur allzu gern damit konfrontiert.

Plötzlich registrierte Bohlan ein Geräusch vom Ufer her. Ein Schatten huschte durch die Dunkelheit und verschwand wieder im Nichts.

»Wer ist da?«, rief Bohlan in die Nacht. Aber er bekam keine Antwort.

Sein Herzschlag beschleunigte sich. Der Kommissar sprang auf, doch sein Körper versagte – alles drehte sich um ihn herum.

»Ich sollte wohl besser schlafen gehen«, murmelte Bohlan resigniert und sank zurück auf seinen Stuhl. Vermutlich war es ein Jugendlicher auf dem Nachhauseweg oder einer der Obdachlosen, die dann und wann am Mainufer saßen und Bierdosen leerten.

Mehr als hundert Menschen hatten sich im Fechenheimer Wald vor einer kleinen Holzbühne versammelt, die Aktivisten in den letzten Tagen in Eigenregie errichtet hatten. An den Seitenteilen hingen Transparente mit Aufschriften wie »Der Fecher bleibt!« und »Wir haben die Erde nur geliehen«.

Julian Steinbrecher stand in Zivil in der letzten Reihe und trat nervös von einem Bein auf das andere. Er hatte heute Morgen eine zerrissene Jeans und eine alte Lederjacke aus dem Schrank gekramt und sich schon an der U-Bahn-Haltestelle unter die Demonstranten gemischt. Auf keinen Fall wollte er als Polizist enttarnt werden. Zwar stufte er die Wahrscheinlichkeit dafür als eher gering ein. Aber man konnte nie wissen. Ein bekanntes Gesicht reichte aus – und er war entlarvt und enttarnt. Sie waren von der U-Bahn-Station Schäfflestraße über den Erlenbruch zur Wächtersbacher Straße und dann weiter den Teufelsbruch zu den Baucontainern im Wald gelaufen.

In seinem Rücken standen die Baucontainer. Auf den Bäumen reihum waren Baumhäuser, Plattformen und Traversen errichtet worden. Einige Aktivisten campierten dort seit Monaten. Sympathisanten und Anwohner versorgten sie mit Essen und Trinken. Die Rodung des Waldgebiets für den Bau des Riederwaldtunnels war seit Jahrzehnten ein Streitthema. Zahlreiche Organisationen unterstützten den Protest.

»Wir sind hier, um einen Wald zu verteidigen«, plärrte eine junge Frau auf der Bühne in ein Megafon. »Angesichts des Klimawandels ist der Ausbau einer Autobahn unverantwortlich. Klimaschutz beginnt hier vor unserer Haustür!«

Applaus brandete auf. Auch Julian klatschte verhalten

in die Hände und reckte den Kopf über seine Vordermänner. Er erspähte Melli mit ihren Bandkollegen am Rand der Bühne. Sie hüpfte nervös von einem zum anderen. Das Lampenfieber war ihr deutlich anzumerken. Das hatte sie vor jedem Auftritt. Und das änderte sich auch nicht durch die Routine der letzten Monate. Im vergangenen Sommer war sie beim Museumsuferfest aufgetreten und dann sogar auf der Fanbühne im Waldstadion, wo sie einen neuen Eintracht-Song präsentiert hatte. Angeblich wurde dieser nun des Öfteren in den Halbzeitpausen der Heimspiele gespielt. Melli war dabei, eine lokale Berühmtheit zu werden. Wer weiß, vielleicht löste sie irgendwann einmal Tankard als Musikevent bei Pokalendspielen ab.

»Der Bundesverkehrswegeplan ist verfassungswidrig«, führte die Frau auf der Bühne weiter aus. Wieder gab es Applaus und Gegröle. »1,5 Grad Celsius heißt: Keine neuen Autobahnen! Die Kohle muss in den öffentlichen Nahverkehr und in Radwege investiert werden.«

Die junge Frau gab das Megafon an eine ältere Frau weiter, die sich als Helga von der Bürgerinitiative Riederwald vorstellte und ebenfalls viel Applaus erhielt. Sie beklagte, dass die Straße »Am Erlenbruch« durch den Autobahnausbau näher an die Häuser heranrücke, dass Bäume und Parkplätze wegfielen und dass die Anwohnerinnen und Anwohner auf eine bis zu zehn Meter hohe Lärmschutzwand blicken würden. »Es kommt sehr viel mehr Verkehr auf uns zu. Der sorgt für Schadstoffe und Lärm!«

Wieder brandete Applaus auf.

Als Letzter ergriff einer der Waldbesetzer das Megafon. »Danke für den großen Zuspruch. Unterstützt uns bitte weiter. Wir brauchen jede Hilfe. Ihr könntet gern zu uns stoßen. Der Container da hinten ist rund um die Uhr besetzt. Wir bieten Workshops an. Für Klettern, Physiotherapie, Knotenmachen und Achtsamkeit im Umgang mit dem

Wald.« Er reckte die Faust in die Höhe. »Yeah! Wir leben hier, hierarchiefrei und utopisch!«

Jetzt war wieder die junge Frau vom Anfang am Megafon und kündigte Melli und ihre Band an. »Ein absolutes Highlight!«

Melli und die anderen stürmten auf die Bühne. Und dann ging es los. Opener war ein alter Ton-Steine-Scherben-Song: »Macht kaputt, was euch kaputt macht«. Dann spielte Melli ein paar eigene Songs und zum Schluss ein weiteres Rio-Reiser-Lied »Bei Nacht«. Passend dazu brach die Dämmerung an. Julian war froh, gekommen zu sein. Melli sang fantastisch. »Oh, es ist ein schönes Land ... // Bei Nacht / Und nicht mal dann / Weil die tiefsten Wunden selbst in der Nacht / noch hell erleuchtet sind.«

Tom Bohlan fuhr erschrocken hoch. Jemand rüttelte an seiner Schulter und rief seinen Namen. »Tom! Tom!«

Benommen blinzelte der Kommissar auf einen umgestoßenen Ebbelwei-Bembel. Er musste auf Deck eingeschlafen sein. Benebelt versuchte er, sich zu erinnern, wie er dorthin gekommen war. Ja, er hatte den Abend genossen und über den Fall der Leiche am Eisernen Steg nachgedacht. Dabei war allerhand Ebbelwei geflossen. Das Letzte, an das er sich erinnern konnte, war dieser mysteriöse Typ, der ihm Informationen angeboten hatte. Wo war der hin? Hektisch suchend sah er sich um.

»Tom! Was ist los?«

Bohlan wandte den Kopf zur Seite und blickte in zwei vertraute grüne Augen. Das war nicht der Typ! Das war unverkennbar Tamara, die sich besorgt über ihn beugte. Vermutlich kam sie gerade von ihrer Party. Erleichtert sackte er zurück. Die Anspannung wich.

»Hallo Tamara! Schön, dass du es bist«, sagte der Kommissar und seufzte.

Tamara stellte den umgefallenen Bembel wieder auf, schob die Papiere auf den Beistelltisch zusammen und setzte sich neben ihn.

»Ist wirklich alles in Ordnung mit dir?«, fragte sie gleichfalls besorgt wie beruhigend.

»Ja«, versicherte Bohlan, »es war wohl nur etwas viel Ebbelwei!« Der war ihm zuerst in den Kopf gestiegen und hatte dann Halluzinationen ausgelöst! Vermutlich hatte er die Sache mit dem mysteriösen Typ nur geträumt.

Tom erzählte ihr von seinem Traum.

Tamara lachte auf. »Du hast wirklich zu viel getrunken. Langsam mache ich mir Sorgen um dich. Du solltest mehr auf dich achten«, sagte sie.

»Möglicherweise hast du recht«, murmelte Bohlan. Er bemerkte ein Hämmern im Kopf und auch seinem Magen ging es nicht gut.

»Lass uns schlafen gehen«, drängelte Tamara. Bohlan rappelte sich auf und folgte ihr ins Bootsinnere. Er war immer noch völlig benommen. War das vorhin wirklich nur ein Traum gewesen oder steckte mehr dahinter? Es hatte sich alles so verdammt real angefühlt. Als er im Bett lag, drehte sich die Welt um ihn noch immer. Die Erinnerung an den Abend war jetzt wie ein Karton voller verschwommener Polaroidfotos. Bohlan bekam nichts mehr in die richtige Reihenfolge.

Tamara schmiegte sich an ihn. Was für eine Beruhigung! Das unbehagliche Gefühl wich sofort. Löste sich in Luft aus. Er fühlte sich sicher und geborgen und schlief ein.

11.

Als Bohlan am nächsten Morgen aufwachte, war der Platz neben ihm leer. Der Duft von Kaffee und Toast zog an seiner Nase vorbei und lockte ihn ins Wohnzimmer. Tamara saß zeitungslesend am Frühstückstisch. Bohlan gesellte sich zu ihr.

»Na, wie gehts?«, fragte Tamara.

Bohlan konnte den Tonfall nicht so recht einordnen. War er schnippisch oder besorgt?

»Geht schon! Der Kopf schmerzt noch etwas!«

»Na ja, ist deine eigene Schuld. Das kommt vom Alkohol. Es wird dir keiner auf den Schädel gehauen haben, oder?«

»Nein, das sicher nicht. Eine Aspirin wirds richten.«

Tamara goss ihm Kaffee ein, stellte ein Glas Wasser auf den Tisch und drückte zwei Aspirin aus der Packung. Bohlan warf diese mechanisch in den Mund und spülte sie mit dem Wasser herunter.

»Danke.«

»Vielleicht solltest du dich noch einmal hinlegen«, schlug Tamara vor.

»Ach was, es geht schon!«

»Gestern Abend hast du jedenfalls ganz schön fabuliert.«

»Das lag nur daran, dass du mich allein gelassen hast. Da musste ich mit dem Ebbelwei vorliebnehmen!«

Bohlan lächelte schief.

»Du meinst also, dass ich immer Händchen halten muss, damit du kein Alkoholiker wirst?«

»Das war eigentlich als Kompliment gedacht!«

Bohlan griff nach dem Kaffee. Das Koffein tat gut.

»Was steht denn bei dir heute an?«, fragte er.

»Ich habe gleich zwei Kundengespräche und anschließend muss ich an den Rechner.«

Bohlan nickte. Tamara arbeitete in der Werbebranche und hatte sich vor ein paar Jahren selbstständig gemacht.

»Aber heute Abend habe ich Zeit für dich!«

»Prima.« Bohlan musste plötzlich an Patricia Simon denken. Ihre Idee, einen eigenen Podcast zu produzieren, ließ ihn nicht mehr los. Vielleicht sollte er wirklich über die spannendsten Kriminalfälle der letzten Jahre berichten und Einblicke in die Arbeit der Mordkommission geben.

»Woran denkst du?«, fragte Tamara.

»Wir haben gestern so eine Influencerin vernommen. Stell dir vor, die hat mir vorgeschlagen, einen eigenen Podcast zu machen.«

Tamara lachte laut auf. »Einen Podcast? Du?«

»Was wäre daran so komisch?«, erwiderte Bohlan brüskiert. »Meinst du, ich würde das nicht hinbekommen? Heutzutage produziert doch jeder so was.«

Tamara trank einen Schluck Kaffee, bevor sie antwortete: »Natürlich würdest du das irgendwie hinbekommen.«

»Du nimmst mich einfach nicht ernst!«, sagte Bohlan mit eingeschnappter Stimme.

»Ach, komm schon. Natürlich nehme ich dich ernst. Du bist der geborene Podcaster. Aber im Ernst: Ist das wirklich deins?« Tamaras Tonfall war noch immer belustigt.

»Wenn man es nicht ausprobiert, wird man es nicht erfahren. Ich habe ein wenig gegoogelt. Jeder Depp macht einen Podcast. Es gibt klassische Kriminalfälle neu erzählt, in Mundart, für Kinder, für Rentner. Und Thriller, Horror, Gangster-Balladen, True Crime und was weiß ich nicht alles.«

»Stimmt, und was wäre deine Nische?«

»Ich bin vom Fach. Ich bin real. Ich weiß, wo von ich

spreche.«

Bohlan versuchte, möglichst neutral zu klingen. In Gedanken sah er Patricia Simon vor sich sitzen und hörte sie sagen: »Wir sollten uns gleich an die Arbeit machen.«

»Na ja ...«, sagte er dann. »Ich denke darüber nach.«

Sein Kopf fühlte sich langsam besser an. Er trank den Kaffee aus, leistete Tamara noch ein wenig Gesellschaft, bis diese sich verabschiedete, und stellte sich dann unter die kalte Dusche.

Im Kommissariat traf Bohlan auf Will, die sich am Schreibtisch hinter einigen Aktenordnern verbarrikadiert hatte. Als sie ihn erblickte, entspannte sich ihr zuvor konzentrierter Gesichtsausdruck. Bohlan wusste sofort, dass sie auf etwas Interessantes gestoßen war und darauf brannte, ihm darüber zu berichten.

»Bist du schon aufnahmebereit?«, fragte Will.

»Klar, warum sollte ich das nicht sein?«

»Weil du etwas mitgenommen aussiehst.«

»Geht schon.« Bohlan ließ sich schwerfällig auf seinen Stuhl fallen.

»Gut, dann zeige ich dir jetzt ein Video«, sagte Will und drehte dabei den Bildschirm in seine Richtung. Kurz darauf startete ein Youtube-Film. Bohlan glaubte zunächst, einen Mitschnitt von einem Westenberg-Auftritt präsentiert zu bekommen. Die Inszenierung ähnelte dessen Filmen frappierend. Das Publikum tobte schon außer Rand und Band, obwohl noch gar nichts passiert war. Dann betrat eine äußerst attraktive Blondine im engen Kostüm die Bühne. Gleichzeitig spie eine Bühnenfontäne Feuer in die Höhe. Aus den Lautsprechern schallte der Popsong »Girl on Fire«. Ein riesiger Schriftzug prangte auf einer Leinwand im Hintergrund: »Absolutmegacoin«.

»Das ist eine Kryptowährung«, erklärte Will. Die Musik

stoppte, das Geschrei und Geklatsche hielten noch eine Weile an, bis die Dame zunächst beschwichtigend mit den Händen winkte und sich anschließend einen Finger vor den Mund hielt. Das Publikum gehorchte und war binnen Sekunden mucksmäuschenstill. Die Dame ließ ihren Blick über die Zuschauerreihen schweifen, dann sprach sie ins Mikrofon: »Ich habe gute Neuigkeiten. Absolut herausragende Neuigkeiten.« Sie hielt nochmals inne, baute damit ein Spannungsmoment auf. Dann setze sie ihre Rede fort: »Absolutmegacoin ist auf den Weg zur wichtigsten Kryptowährung der Welt. Er wird schon bald Bitcoin den Rang streitig machen.«

Das Publikum brach in lautes Gegröle aus. Will stoppte den Film.

»Passiert ist das Gegenteil: Der angebliche Bitcoin-Killer wurde wertlos und entpuppte sich als bislang größter Milliardenbetrug der Krypto-Geschichte«, erläuterte Will. »Mittlerweile beschäftigen sich Strafverfolger auf der ganzen Welt damit. Demnächst startet ein Gerichtsprozess.«

»Was ist passiert?«, wollte Bohlan wissen, der die Story interessant fand, allerdings nicht wusste, was Will damit bezweckte.

»Mehr als eine Million Menschen haben in die angebliche Kryptowährung investiert. Schätzungen zufolge wurden zwei Milliarden Dollar eingesammelt. Allein in Deutschland gab es mehrere Zehntausend Anleger.«

»Verrückt!«, stieß Bohlan aus. »Schon allein der Name: ›Absolutmegacoin‹, das riecht doch nach Betrug!« Durch Bohlans Gehirn mäanderte der Satz: »Gier frisst Hirn.«

»Ich schätze mal, das hängt mit dem Siegeszug des Bitcoins zusammen. Manche Anleger hatten es verpasst, auf den fahrenden Zug aufzuspringen. Sie wollten nicht auch den nächsten verpassen und witterten eine große Chance.

Deshalb ließ sich manch einer schnell vom Absolutmegacoin überzeugen, zumal eine noch größere Erfolgsgeschichte versprochen wurde.«

»Hm, ….Angebliche Kryptowährung?«, hakte Bohlan nach.

»Ja, weil es sie nie gegeben hat. Sie existierte nur in den Köpfen. Es war ein typisches Schneeballsystem, das nur deshalb funktionierte, weil es auf ständiges Kundenwachstum ausgelegt war. Die angeblichen Coins und Token waren nie direkt käuflich, sondern immer nur in einem Paket mit sogenannten Bildungsprogrammen rund um Absolutmegacoin und Kryptowährungen. Wenn ein Anleger einen weiteren Interessenten anwarb, bekam er eine Provision. Und nicht nur er, sondern auch derjenige Anleger, der ihn zuvor angeworben hatte.«

»Ist so etwas nicht illegal?«

»Nicht, solange ein Wert hinter dem Produkt steckt. Tut es das nicht, handelt es sich um ein Schneeballsystem.«

Bohlan fuhr sich mit der Hand über den Kopf. »Wer ist diese Dame?«

»Ivana Mandic. Ihre vermeintliche Seriosität verhalf Absolutmegacoin zum Erfolg. Sie kann mehrere Universitätsabschlüsse und eine Promotion in Jura vorweisen. Ihr Lebenslauf wirkt nicht wie der einer Betrügerin. Bei den pompösen Werbeauftritten sprach sie nicht nur über den Geldregen, auf den sich die Anleger freuen könnten, sondern auch über Wohltätigkeit. Vor drei Jahren ist sie dann spurlos untergetaucht und wird weltweit gesucht. Selbst beim FBI steht sie auf der Fahndungsliste.«

»Wann brach das System in sich zusammen?«

»Vor zwei Jahren. Der Absolutmegacoin-Kurs stieg von fünfzig Cent auf über fünfzig Euro. Allerdings hat es nie eine auf Angebot und Nachfrage beruhende Preisbildung gegeben. Die Kryptowährung war nie öffentlich handelbar. Auch die Existenz einer Blockchain, das Fundament einer Kryptowährung, ist äußerst fraglich.«

»Blockchain?«

»Das ist ein dezentrales, digitales Datenprotokoll, auf dem sämtliche Transaktionen durchgeführt und gespeichert werden.«

»Das kling doch alles ziemlich dubios. Hat denn niemand vor dieser Kryptowährung gewarnt?«, wollte Bohlan wissen.

»Warnungen gab es natürlich. Auch wurde früh vermutet, dass es sich um ein Schneeballsystem handelt. Doch die Anleger hat das nicht interessiert, zumindest nicht abgeschreckt. Als der große Zusammenbruch kam, tauchte Frau Mandic ab und mit ihr nahezu alle führenden Köpfe des Systems.«

»Was wurde denn seitdem unternommen?«

»Die Behörden ermitteln und bereiten wohl verschiedenen Anklagen vor. Beschuldigte sind mehrere mutmaßliche Gehilfen, die die in Deutschland eingenommenen Gelder für Absolutmegacoin angenommen und verschoben haben sollen. Ein Mann aus Wiesbaden zum Beispiel soll über einhunderttausend Euro von Anlegern erhalten und das Geld auf die Kaimaninseln weitertransferiert haben, natürlich gegen eine satte Provision. Er muss sich für unerlaubte Finanztransfergeschäfte, Geldwäsche und Beihilfe zum Betrug verantworten. Mit dem Geld soll sich Mandic mehrere hochpreisige Immobilien gekauft haben.«

»Das ist ja alles sehr interessant. Aber was hat das letztendlich mit unserem Fall zu tun?«, fragte Bohlan, dem in Anbetracht der Informationsflut der Kopf schmerzte.

Will räusperte sich. »Genau, jetzt kommen wir zum spannenden Punkt. Möglicherweise hatte Finn Bauernfeind Informationen darüber, dass auch Westenberg Kontakte zu Mandic hatte, vielleicht sogar in die Absolutmegacoin-Affäre verstrickt war.«

»Wie bitte?! Was?!« Bohlan fuhr aus seiner zuvor bequemen Sitzhaltung hoch und saß nun kerzengerade auf seinem Stuhl.

»Wie kommst du darauf?«

»Ich durchforste Finns Rechner. Und dabei bin ich auf einen Mailverkehr zwischen ihm und einem Niels Kraus gestoßen. Kraus ist einer der Absolutmegacoin-Geschädigten. Finn scheint sich ein paar Mal mit ihm getroffen zu haben. Dabei ging es auch um Tobias Westenberg. Hier sind die Ausdrucke der Mails.«

Will schob Bohlan einen Stapel Papier zu. Er überflog die Zeilen.

»Da hältst du mir einen langen Vortrag und die entscheidende Neuigkeit erwähnst du lapidar und nebenbei?«

»Ohne das Wissen über den Abcolutmegacoin hättest du die Bedeutung dieser Zusammenhänge gar nicht verstanden«, argumentierte Will. Und Bohlan wusste, dass sie damit recht hatte. Doch was bedeutete es genau, wenn Finn Infos über solche Verstrickungen gehabt hätte? Hatte er Westenberg erpresst? Musste er deshalb sterben? War Westenberg Finns Mörder? Und wie vertrug sich das mit seinem Alibi? Fragen über Fragen gingen Bohlan durch den Kopf. Er fühlte sich wie ein Jongleur, der immer neue Bälle zugeworfen bekommt. Er durfte jetzt nicht unüberlegt handeln. Er musste die Kontrolle bewahren, die Bälle in der richtigen Reihenfolge fangen und wieder hochwerfen, sonst würden alle zu Boden fallen und davonrollen. Und das nach dieser blöden Nacht auf dem Deck! Die Kopfschmerzen kehrten mit voller Wucht zurück. Er brauchte eine weitere Aspirin und etwas Frischluft.

Am späten Vormittag saß Patricia Simon in der »Genussfabrik«, einem gemütlichen Bistro in den Heddernheimer Höfen. Sie hatte sich im Nachbargebäude eine Kunstausstellung angesehen. Seit einiger Zeit wurden dort Bilder berühmter Maler in einer Art Multimediashow gezeigt. Man konnte sich gemütlich auf einen Sitzsack setzen und den Erklärungen lauschen, während Gemälde an Wände und Decke projiziert wurden. Zurzeit lief eine Ausstellung über Leonardo da Vincis Abendmahl. Obwohl Patricia die Bilder schon vielfach gesehen hatte, war sie von der neuartigen Präsentation begeistert gewesen. Noch immer war sie schier geflasht von der Vielfalt der Farben und Eindrücke.

Die Bedienung stellte den Cappuccino auf den Holztisch. Gleichzeitig klingelte Patricias Handy. Sie kramte in ihrer Handtasche und fand das Handy nach kurzer Suche. Das Foto auf dem Display zeigte ein Bild von Anna. Ein Lächeln huschte über Patricias Gesicht. Sie hatte ihre Freundin schon eine ganze Weile nicht gesprochen. Anna lebte ebenfalls in Dubai, war aber dauernd unterwegs, da sie Reisereportagen verfasste und einen Blog darüber betrieb. Vermutlich war sie von einem ihrer Trips zurück.

»Hey, Anna, schön dich zu hören«, meldete sich Patricia. »Wo hast du dich die ganze Zeit über herumgetrieben?«

»Ich war in den USA unterwegs. Drei Monate lang. Traumhaft.«

Anna berichtete detailreich über die Reise. Doch sie war nicht so überschwänglich wie gewöhnlich. Irgendetwas in ihrer Stimme war anders. Patricia hatte ein feines Gespür für solche Nuancen.

»Und sonst?«, fragte Patricia.

Für einen Moment herrschte Schweigen. Dann sagte Anna zögerlich: »Ich weiß nicht, ob ich es dir sagen soll ...«

Ihre Stimme stockte für einen Moment. War das Zögern ihrer Unsicherheit geschuldet oder der Versuch, eine Aufforderung Patricias zu bekommen?

»Du kannst mir alles erzählen«, versicherte Patricia. »Was ist? Hast du einen neuen Freund?«

Anna holte tief Luft, dann antwortete sie: »Ich habe viel Geld verloren ... durch eine Aktie.«

Ein mulmiges Gefühl breitete sich in Patricias Magen aus, ergriff von dort aus Herrschaft über ihren ganzen Körper. Beim Wort »Aktien« dachte sie immer sofort an Tobias.

»Aber wie ... wieso? Welche Aktie?«, fragte Patricia, obwohl sie die Antwort längst zu wissen ahnte.

»Nun ja, erinnerst du dich an das Gespräch zwischen uns vor meiner Abreise. Du hattest mir von dieser Goldminenaktie erzählt, die Tobias empfohlen hatte«, antwortete Anna.

»Ja, ich erinnere mich. Es sollte eine große, einmalige Chance sein.«

»Genau. Sie ist abgestürzt. Sie ist mittlerweile eigentlich komplett wertlos.«

Patricia konnte nicht glauben, was sie hörte – schließlich hatte Tobias immer gute Tipps parat. Er hatte sie sogar darum gebeten, die Aktie weiterzuempfehlen.

»Das kann nicht sein«, stammelte Patricia, »er hat selbst in die Aktie investiert. Hat er zumindest gesagt.«

»Mag sein«, antwortete Anna. »Die Aktie war auch in der Zeit davor konstant gestiegen. Hatte eine gute Performance hingelegt. Aber dann erfolgte ein regelrechter Abverkauf innerhalb weniger Stunden.«

»Dann hättest du verkaufen müssen!«

»Ich war in Amerika. Aber davon absehen, hätte ich das nicht gekonnt. Der Absturz erfolgte innerhalb weniger Minuten. Da konnte niemand mehr reagieren.«

Patricias Herz pochte. Was hatte das zu bedeuten? Ihr fielen einige Börsenweisheiten ein, die Tobias rauf und runter predigte. Aber die wollten jetzt nicht passen und führten auch nicht weiter.

»Ich habe mich ein wenig umgehört. Ich bin nicht die Einzige, die ihr Geld verloren hat. Es gibt eine Menge Leute, die ziemlich sauer sind. Es soll alles ein Riesenbetrug sein. Abzocke, verstehst du?«

»Das kann nicht sein! Ich werde mit Tobias reden.«

»Mach das, du wirst zum selben Ergebnis kommen wie ich.«

»Das tut mir alles wahnsinnig leid. Wo habe ich dich da hineinmanövriert.«

»Ich bin nicht sauer auf dich«, versicherte Anna. »Wie gesagt, ich war mir auch nicht sicher, ob ich dir davon erzählen soll. Du steckst ja nicht dahinter. Du hast auf das vertraut, was Tobias gesagt hat.«

»Schon, aber …«

»Nichts aber«, sagte Anna. Ihre Stimme klang plötzlich resolut. »Ich bin ja irgendwie auch selbst dran schuld. Wenn man in etwas investiert, sollte man sich ausgiebig informieren, sich nicht auf irgendwelche Tipps verlassen. Dafür laufen zu viele Betrüger herum. Ich war zu gierig.«

Nachdem das Gespräch beendet war, saß Patricia einige Minuten lang konsterniert vor dem Cappuccino, auf den sie sich so gefreut hatte und der sie jetzt vollkommen kaltließ.

Dann drückte sie hektisch auf ihrem Handy herum und suchte im Internet nach Informationen zu dieser verdammten Goldaktie. Schnell fand sie heraus, dass viele Anleger auf Tobias' Empfehlung hereingefallen waren und viel Geld verloren hatten. Worte wie »Betrug«, »Abzocke« und andere unschöne Formulierungen poppten vor ihren Augen auf, vermengten sich zu einem Flash-Cocktail.

Hatte Tobias davon gewusst? Hatte er sie und seine Freunde ausgenutzt? Patricias Herz raste bei dem Gedanken daran. Sie selbst hatte im Vertrauen auf Tobias einigen Freunde die Goldaktie empfohlen. Das konnte doch nicht wahr sein!

»Ich kann das kaum glauben«, murmelte Patricia fassungslos. Und dann fiel ihr auch noch der Besuch der Polizei ein, die nach dem Mörder der Leiche am Eisernen Steg suchte. Die Kommissare hatten nach Tobias und seinen Aktiengeschäften gefragt und nach seinem Alibi für den Tatzeitpunkt. Stand er etwa doch unter Verdacht? Schlechte Gedanken bemächtigten sich ihrer, fraßen sich durch ihr Gehirn. Hatte sie sich wirklich derart in ihm getäuscht?

Steinbrecher war im Kommissariat in die Vernehmungsprotokolle vertieft, als ihn ein lautes Klopfen an der Tür aus seinen Gedanken riss.

»Ja?«, sagte er leicht genervt und schaute hoch.

Julian Steinbrecher betrat den Raum und schloss hinter sich die Tür. »Bist du etwa allein?«

»Ja, Julia und Jan sind in der Kantine, Tom ist unterwegs.«

»Ohne dich?«

Steinbrecher seufzte. »Ich wollte die Protokolle noch einmal durchgehen. Ich werde das Gefühl nicht los, irgendetwas übersehen zu haben.«

»Na dann, sagte Julian mit einem schiefen Grinsen im Gesicht und setzte sich lässig auf einen Stuhl.

»Immer noch der Mord am Eisernen Steg?«

»Wir kommen einfach nicht weiter.« Steinbrecher seufzte.

Julian nickte. Wenn er seine Ausbildung abgeschlossen hätte, würde er sich so bald wie möglich um eine Stelle bei der Mordkommission bemühen. So viel war sicher.

»Und was machst du hier?«, wollte Steinbrecher wissen.

»Wir hatten Einsatzbesprechung wegen der Fecher-Räumung.«

Julian stand auf und betrachtete die Fotos, die an das Whiteboard geklebt waren. Bei dem Foto von Esther Herder wurde er stutzig.

»Wer ist das?«, fragte er neugierig und deutete auf das Foto.

Steinbrecher wandte den Kopf zur Seite.

»Esther Herder. Die Ex-Freundin des Mordopfers«, erklärte er.

Julian nahm das Bild vom Whiteboard und betrachtete es ausgiebig.

»Was ist mit ihr?«, fragte Steinbrecher.

»Ich kenne das Gesicht«, antwortete Julian nachdenklich.

»Wirklich?«

Und dann huschte ein Lächeln über Julians Gesicht.

»Jetzt fällt es mir wieder ein. Vor ein paar Tagen war ich bei einer Veranstaltung im Fecher. Da war auch diese Esther. Die hat sogar eine Rede gehalten.«

»Seit wann treibst du dich auf Demonstrationen herum?« Steinbrechers Stimme klang ungläubig.

Julian zuckte mit den Schultern. »Melli hatte da einen Auftritt mit ihrer Band. Ich wollte mir einmal anschauen, was diese Hippies so treiben.« Er grinste breit: »Gibt's denn einen Zusammenhang zwischen den Umweltaktivisten und dem Mord?«

Steinbrecher legte seinen Stift zur Seite und lehnte sich zurück in seinen Sessel.

»Bislang ist die räumliche Nähe zwischen dem Camp und Finns Wohnung die einzige Verknüpfung«, antwortete Steinbrecher. Er hatte nach dem Gespräch mit Bohlan die Sache auf sich beruhen lassen. Jetzt aber könnte ein möglicher Zusammenhang zwischen den Umweltaktivisten und dem Mord wieder in den Fokus geraten.

»Hast du Kontakte zu den Aktivisten?«

»Ich nicht, aber Melli.«

»Hm, vielleicht kannst du sie mal ein wenig aushorchen, ob Finn Bauernfeind im Camp bekannt war?«

»Klar, kann ich versuchen.«

»Prima, wenn du irgendwelche Informationen hast oder etwas Seltsames erfährst, dass damit zu tun haben könnte, melde dich sofort bei mir,« sagte Steinbrecher.

Julian verließ wenig später das Kommissariat.

Kommissar Bohlan taxierte Niels Kraus mit durchdringendem Blick. Er schätzte sein Gegenüber auf Mitte dreißig. Kraus hatte schwarze, kurz geschnittene Haare und braune Augen. Er trug ein hellblaues Hemd, dazu Jeans und Sneaker. Sie saßen in einem Café in der Frankfurter Innenstadt.

»Können Sie mir noch einmal erklären, wie genau Sie Ihr Geld verloren haben?«, fragte der Kommissar.

Niels Kraus wirkte nervös. Etwas schleppend begann er zu erzählen. »Wie gesagt: Ich habe diese Kryptowährung gekauft, Absolutmegacoin. Aber es stellte sich heraus, dass sie völlig wertlos war. Ich konnte nichts dagegen unternehmen und mein hart verdientes Geld war einfach weg.«

»Wie sind Sie denn auf die Idee gekommen, in Absolutmegacoin zu investieren?«

»Beim Surfen im Internet ploppte ständig Werbung für eine Veranstaltung auf. Da bin ich hin.«

»Wo war das?«

»In einem Hotel in der Bürostadt Niederrad, unweit vom Stadtwald.«

»Und da trat Frau Mandic auf?«

»Ja, genau. Am Anfang war ich skeptisch. Aber sie machte einen sehr kompetenten Eindruck. Alle im Saal waren schnell von ihr und der Kryptowährung überzeugt.«

Bohlan sah die Bilder des Videos vor sich, das Julia ihm vorgespielt hatte: der volle Saal, die aufgeheizte Stimmung – und Mandic in ihrem sexy Outfit. Wie sie die Menge aufpeitschte, die Teilnehmer in eine Art Rausch beförderte. Und plötzlich waren alle von einer Sache überzeugt, die sie bei klarem Bewusstsein und etwas Nachdenken vermutlich hinterfragen würden. Und da alle der gleichen Meinung waren, liefen sie wie Lemminge in dieselbe Richtung.

»Das war ein gigantisches Gefühl«, sagte Niels Kraus, als habe er Bohlans Gedanken erraten. »Am Ende der Veranstaltung waren wir wie elektrisiert, total euphorisch.«

»Und Sie haben sofort zugeschlagen und in die Kryptowährung investiert.«

»Ja, genau, wie alle anderen auch. Wir waren uns sicher, dass dies das Geschäft unseres Lebens werden würde. Wir mussten kaufen und einfach warten, bis der Kurs steigt. Dann hätten wir ausgesorgt.«

»Aber es kam anders!«

»Ja, leider!« Niels Kraus seufzte. »Unser Geld war weg. Vernichtet.«

»Oder verbrannt«, fügte Bohlan nachdenklich hinzu.

Niels Kraus nickte. Man konnte seinem blassen Gesicht ansehen, wie er sich damals gefühlt haben musste.

»Und dann?«, fragte Bohlan.

»Wie und dann?«

»Was haben Sie gemacht? Haben Sie das einfach hingenommen?«

»Ich hatte natürliche eine Stinkwut, wollte es erst nicht wahrhaben. Ich habe nächtelang im Internet recherchiert und versucht, Informationen zu bekommen. Mein Geld konnte doch nicht einfach weg sein ... Es war zum Verzweifeln.«

War es auch nicht, dachte Bohlan. Es hatte nur jemand anders.

»Und?«, hakte Bohlan nach.

»Es war nichts zu machen. Die Mandic war mit unserem Geld weg. Und die Kryptowährung gab es gar nicht.«

»Mit unserem?«, fragte Bohlan.

»Mit dem der Anleger«, verbesserte Niels Kraus. »Ich war ja nicht der Einzige. Im Internet gab es zahlreiche Foren, wo sich die Geschädigten austauschten und versuchten, gemeinsam etwas zu erreichen.«

Bohlan runzelte die Stirn. »Und da trafen Sie Finn Bauernfeind?«

Niels Kraus nickte hastig. »Ja, erst in einem Forum. Als sich herausstellte, dass er auch in Frankfurt wohnt, haben wir uns in einer Bar getroffen. Er sagte mir, dass er in dieser Kryptosache recherchiere, und versprach mir, mein Geld zurückzuholen.«

Der Kommissar lehnte sich zurück und betrachtete nachdenklich sein Gegenüber.

»Wie wollte er das denn anstellen?«

»Das habe ich mich anfangs auch gefragt. Er meinte, er habe einen Plan, brauche nur weitere Beweise.«

»Hm«, sagte Bohlan, »einen Plan. Und wie soll der ausgesehen haben?«

»Angeblich sei er an einem Helfer oder Hintermann dran gewesen, der Mandic bei dem Betrug geholfen habe. Den wollte er sich vorknöpfen.«

Bohlan fuhr sich mit der Hand über den Kopf und runzelte nachdenklich die Stirn.

»Hat er Namen genannt oder irgendwelche Andeutungen gemacht?«

»Nein, nicht wirklich. Er hat nur gesagt, dass derjenige

bestimmt nicht wolle, dass seine Verbindung zu Mandic herauskomme.«

»Vielleicht jemand Prominentes?«

»Kann schon sein ...«

Bohlan kritzelte ein paar Notizen in seinen Block.

»Passierte dann irgendetwas?«

Niels Kraus seufzte frustriert. »Nein, nichts ist passiert! Irgendwann herrschte Funkstille.«

»Wann hatten Sie denn das letzte Mal Kontakt mit Finn?«

Niels Kraus verzog das Gesicht, es dauerte einen Moment, bevor er antwortete. »Das muss so vielleicht zwei Wochen her sein.«

»Worum ging es bei dem Treffen?«

»Finn zeigte mir ein paar Dokumente. Aus denen ging hervor, dass die Absolutmegacoin-Geschichte von Anfang an ein Schneeballgeschäft war.«

»Worum ging es denn genau in diesen Dokumenten?«

»Nun ja«, sagte Niels Kraus zögerlich und zog sein Handy aus der Tasche. »Ich habe sie abfotografiert. Schauen Sie selbst!«

Die Spannung lag förmlich in der Luft, als Bohlan durch die Fotos wischte.

»Wenn das stimmt«, sagte der Kommissar bedächtig, »dann sind wir vielleicht einen Schritt weiter.«

Am frühen Abend saß Bohlan wieder im Kommissariat und berichtete von seinem Besuch bei Niels Kraus. Er spürte, dass eine gewisse Spannung in der Luft lag, aber es war noch kein konkreter Gedanke, den er fassen konnte.

»Was hältst du von dieser Geschichte?«, fragte Bohlan, nachdem er Will die abfotografierten Dokumente gezeigt hatte. Es war ein Schriftwechsel zwischen Mandic und einem Ante Pavlovic. Im Wesentlichen ging es darum, dass neue Käufer benötigt würden, um das Schneeballsystem vor dem Einsturz zu retten. Mandic plante eine neue Werbekampagne und wollte ihre Verkaufsshow neu strukturieren. Pavlovic schlug vor, dafür einen Performer ins Boot zu holen, der auf solche Spektakel spezialisiert war, oder alternativ einen Promoter zu verpflichten.

Will zögerte einen Moment, bevor sie antwortete. »Ich weiß nicht so recht. Einerseits klingt es plausibel ...« Sie brach ab, schien nachzudenken.

»Und andererseits?«, fragte Bohlan, ein Drängen in der Stimme.

»Andererseits frage ich mich, ob er sich tatsächlich auf Finn verlassen hat oder selbst aktiv geworden ist.«

Bohlan sah seine Kollegin fragend an.

»Schau mal. Er ist total wütend, recherchiert im Netz, tauscht sich mit anderen aus. Dann lernt er Finn kennen und von dem Moment an vertraut er darauf, dass dieser ihm sein Geld zurückholen will? Ich weiß nicht.«

Will tippte mit dem Stift unaufhörlich, aber gleichmäßig wie ein Technobeat auf die Tischplatte. Tock, tock, tock ...

Der Beat hämmerte in Bohlans Schädel und führte zu einem missmutigen Gesichtsausdruck, der Will nicht verborgen blieb.

»Sorry.« Will legte den Stift zur Seite.

»Die E-Mails auf Finns Rechner zeigen eindeutig eine Verbindung zum Absolutmegacoin-Betrug. Aber wer steckt dahinter?«

»Lässt sich denn wirklich keine Mail finden, aus der sich auf eine Erpressung oder den mutmaßlichen Betrüger schließen lässt?«

»Nein. Ich bin alles schon zigmal durchgegangen. Da ist nichts.«

Die beiden tauschten nachdenkliche Blicke aus.

»Zeig mir doch bitte noch einmal die Mails zwischen

Finn und Niels«, sagte Bohlan.

Will schob ihm die Ausdrucke über den Schreibtisch. Die Anspannung im Raum nahm deutlich zu, als Bohlan seinen Blick fest auf die Dokumente richtete. Im Wesentlichen ging es um Ivanca Mandic, deren Absolutmegacoin-Betrug und darum, dass Finn einen nicht näher beschriebenen Ansatzpunkt gefunden habe.

Plötzlich fiel Bohlan etwas auf. »Hier steht doch was von einem Helfer Mandics. Wer könnte das sein?«

Will runzelte die Stirn und griff nach den Unterlagen vor ihr. »Das ist genau das Problem. Außer dieser Andeutung haben wir nichts in der Hand. Keinen Hinweis, keine Mail. Absolut nichts.«

»Hm«, machte Bohlan.

»Also entweder ist Finn gar nicht tätig geworden oder aber er hat einen anderen Mailaccount dafür benutzt«, spekulierte Will.

»Oder aber Niels hat die Mails geschrieben.«

»Das wäre zwar eine Möglichkeit, aber das halte ich für unwahrscheinlich.«

»Warum?«

»Dann wäre er tot und nicht Finn. Warum sollte Niels Erpressermails schreiben und dann Finn zur Übergabe schicken?«

»Da ist was dran. Also müssen wir nach Spuren für einen weiteren Mailaccount suchen.«

»Aber nicht mehr heute Abend.«, sagte Bohlan.

Da Alex beim Judotraining war, nutzte Julia Will den Abend für einen Besuch bei ihrer Oma. Sie saßen schon eine Zeit lang in der Küche, als Annegret Will aufstand und eine Flasche Weißwein aus dem Kühlschrank holte. Behänd zauberte sie fast zeitgleich zwei Kristallgläser aus dem Küchenschrank. Julia Will konnte gerade noch einschreiten.

»Für mich bitte nicht!«, sagte sie und bedeckte das Glas mit ihrer Handfläche.

Annegret Will sah ihre Enkelin mit großen Augen an: »Was ist los mit dir? Das ist unser Lieblingswein.«

Will biss sich auf die Zähne. Sie hätte ihrer Oma schon längst von der Schwangerschaft berichten wollen, doch bislang den richtigen Moment verpasst. Sie druckste herum. »Also ... ja. Es gibt Neuigkeiten ...«

Annegret Will hielt in ihrer Ausschenkbewegung inne.

»Ich bin schwanger!«, fuhr Will fort und strahlte dabei über das ganze Gesicht. Annegret Will stand für einen Moment verdattert mit der Weinflasche in der Hand am Küchentisch, dann verlor sie das Gleichgewicht und taumelte rücklings auf die Küchenbank.

»Na, das ist aber eine Überraschung!«

Sie stellte die Weinflasche ab und erhob sich wieder. »Komm, lass dich drücken! Das ist ja wunderbar.«

Die beiden Frauen umarmten sich. Annegret drückte sich ganz fest an ihre Enkelin, dann löste sie sich wieder aus der Umarmung, hob die Hände und tanzte singend durch die Küche.

Will setzte sich wieder und genoss die Feierstimmung ihrer Oma.

»So, das muss gefeiert werden! Ein Gläschen muss doch drin sein!«

»Oma!«, stieß Will empört aus.

»Na, gut! Du hast recht.«

»Aber du kannst dir gern ein Gläschen genehmigen«, sagte Will schmunzelnd.

»Und ob ich das kann!«

»Und für mich bitte ein alkoholfreies Bier!«

Kurze Zeit später klirrte Weinglas gegen Bierflasche.

Danach musste Julia Will alles bis ins kleinste Detail erklären. Annegret Will kam aus ihrer Feierlaune gar nicht mehr heraus.

Irgendwann wechselte Julia Will das Thema und schwenkte auf den aktuellen Fall, wohlwissend, dass dies ihre Oma triggern würde. Wie erwartet, sprang sie sofort auf das neue Thema an und entfaltete ihren Spürsinn, wollte unbedingt über jedes Detail ins Bild gesetzt werden.

Will seufzte innerlich und erzählte ihr von den bisherigen Ermittlungsergebnissen. Sie kam auch auf Niels und Finn zu sprechen. »Es gibt da etwas Seltsames bei diesen beiden ... Ich kann es aber noch nicht fassen.«

Annegret Will nickte nachdenklich, füllte zum x-ten Mal ihr Weinglas und überlegte fieberhaft. Dann kam sie plötzlich auf eine Idee. »Was ist, wenn Finns Erpressungsversuch wirklich erfolgreich war? Er kassierte Geld, wollte davon aber Niels nichts abgeben, der daraufhin wütend wurde. Es könnte doch sein, dass es zu einem heftigen Streit zwischen den beiden gekommen ist – bis Niels schließlich das Messer gezogen hat ...«

Will starrte ihre Oma überrascht an. Dabei konnte sie sich ein amüsiertes Lächeln nicht verkneifen.

»Das klingt ja fast wie aus einem Kriminalroman! Aber wer weiß, vielleicht steckt ja doch mehr dahinter.«

Sie leerte die Bierflasche und machte Anstalten, aufzustehen.

»Überleg doch mal!« Annegret Will gab nicht auf. »Vielleicht hat Finn Niels sogar eine paar Scheine angeboten, die dieser ihm dann erbost in den Rachen gesteckt hat.«

Je mehr Will über die Theorie ihrer Großmutter nachdachte, desto logischer erschien sie ihr. Aber es war ein langer Tag gewesen und die Müdigkeit steckte ihr in den Knochen. Sie würde das mit den anderen besprechen, vor allem auf Toms Meinung war sie gespannt.

12.

Patricia Simon war unausgeschlafen und seltsam hellwach zugleich. Die Sache mit Anna war ihr die ganze Nacht nachgegangen, hatte sich in ihre Träume verwoben. Immer wieder war sie aufgeschreckt mit Gedanken, die nur in der Logik eines Traumes Sinn ergaben. Vielleicht gut, dass sie sich am Abend nicht mehr mit Tobias getroffen hatte.

Es war besser, erst einmal allein über die Sache nachzudenken, bevor sie ihn zur Rede stellte. Sie sah aus dem Fenster hinaus auf die Straße. Die Bäume am Straßenrand wiegten sich im Wind hin und her. Es lag Regen in der Luft. Irgendwie passte das zu ihrer Stimmung.

Sie hatte sich einen Plan zurechtgelegt und lange über die richtige Reihenfolge der Schritte gegrübelt. Zuallererst musste sie Tobias zur Rede stellen. Das war vermutlich der schwierigste Teil. Seit sie zusammen waren, hatte Tobias sie auf Händen getragen. Er konnte so verdammt zuvorkommend sein. Alles hatte sich perfekt angefühlt. Es war nicht nur, dass er gut aussah. Nein, sie konnten über alles reden, stundenlang. Sie konnten albern wie Kinder sein oder ernst über die Weltpolitik philosophieren. Für ihn hätte sie vielleicht sogar ihre Zelte in Dubai abgebrochen, um nach Deutschland zurückzukehren. Finanzielle Sorgen hätten beide nicht gehabt. Zwar waren ihr Tobias Veranstaltungen schon immer etwas reißerisch und übertrieben vorgekommen, aber sie hatte nichts Anstößiges darin gesehen. Das Publikum wollte unterhalten werden. Und wenn alle bei den Börsendeals einen guten Schnitt machten, dann war dagegen auch nichts einzuwenden. Dass Tobias aber für seine Empfehlungen von den Unternehmen bezahlt wurde und damit die Kurse der Aktien manipuliert wurden, das war eine ganz andere Dimension. Davon hatte sie nichts gewusst. Und das passte überhaupt nicht zu dem Tobias, in den sie sich verliebt hatte. Seit gestern war ihr klar, dass die Beziehung keinen Sinn mehr hatte. Sie musste sich von ihm trennen. Und zwar ziemlich schnell. Sie könnte es sich einfach machen, ihm eine Whatsapp schreiben oder anrufen. Aber das war nicht ihr Stil. Das musste persönlich passieren, von Angesicht zu Angesicht.

Danach würde sie sich bei ihren Freunden entschuldigen, die auf ihre Empfehlung hin finanzielle Verluste erlitten hatten. Und dann würde sie Frankfurt verlassen. Zwar hatte sie in den nächsten Tagen noch den einen oder anderen Termin, aber sie würde schauen, was sich vorziehen ließ und was man durch einen Videocall ersetzen könnte.

Am nächsten Morgen saß das Team im Präsidium zusammen.

»Habt ihr einmal darüber nachgedacht, dass Niels Kraus Finn ermordet haben könnte?«, fragte Will in die Runde.

Steinbrecher sah sie überrascht an.

»Wie kommst du darauf?«

»Nehmen wir mal an, dass Finn erfolgreich war und eine stattliche Summe erpresst hat. Und nehmen wir weiter an, dass er das Geld nicht teilen wollte. Dann könnte es zu einem Streit zwischen den beiden gekommen sein. Schließlich hatte Finn versprochen, Niels' Geld zurückzuholen.«

Bohlan hob skeptisch eine Augenbraue. »Niels? Nein, das halte ich für unwahrscheinlich.«

Will fuhr unbeirrt fort, ihre Theorie zu präsentieren. »Aber wenn er wirklich unter Druck gesetzt wurde und sich weigerte zu zahlen – wer weiß schon, was dann passiert ist ...«

Bohlan schüttelte den Kopf. »Nein, nein, nein, das passt einfach nicht zusammen.«

»Tom, warte mal. Ich halte diese Überlegung für gar nicht so abwegig«, unterbrach ihn Steininger.

»Es ist übrigens nicht meine Idee«, räumte Will ein.

»Wessen dann?«, bohrte Bohlan nach. Noch bevor Will etwas sagen konnte, glaubte er die Antwort zu kennen.

»Annegrets«, bestätigte Will.

»Dachte ich mir schon. Miss Marple hat wieder zugeschlagen!«, sagte Bohlan mit einem leicht süffisanten Unterton.

»So schlecht waren ihre Gedanken in der Vergangenheit nicht«, entgegnete Will.

»Eben! Annegret hat durchaus ein kriminalistisches Gespür«, bestätigte Steininger.

»Wenn ihre Überlegungen stimmten, müsste man dann nicht einen Geldeingang auf Finns Konto sehen?«, wandte Steinbrecher ein.

»Vielleicht wurde das Geld ja auch auf ein anderes Konto eingezahlt oder bar oder in Bitcoins transferiert«, sagte Steininger.

Bohlans Stirn runzelte sich beim Nachdenken. Einerseits glaubte er nicht, dass Niels Finn ermordet hatte. Dafür hatte er von dessen Tod zu betroffen gewirkt. Aber auszuschließen war das natürlich nicht.

Die Spannung im Raum war fast greifbar. Alle schauten Bohlan an, als warteten sie auf eine Entscheidung von ihm, in welche Richtung die Ermittlungen weiterlaufen sollten. Plötzlich durchzuckte ihn ein Gedanke.

»Ja, wir sollten das im Auge behalten«, sagte Bohlan, »aber wir sollten die Möglichkeit nicht nur auf Niels begrenzen.«

»Was meinst du damit?«, fragte Steinbrecher.

»Es könnten auch andere die Rolle von Niels übernommen haben. Unser Freund Janos zum Beispiel.«

»Gar kein schlechter Gedanke«, stieß Will aus.

»Aber Annegrets Theorie steht und fällt mit der Frage, ob Finn tatsächlich Geld erpressen konnte oder nicht. Wenn wir das nur nachweisen könnten ...«

»Okay, ich werde mir den Mailaccount noch einmal ganz genau anschauen, vielleicht finden wir doch noch einen Hinweis«, sagte Will.

Patricia Simon fixierte Tobias Westenberg mit kaltem Blick. Sie fühlte sich von ihm ausgenutzt und hintergangen. Dass er sie dazu gebracht hatte, ihren besten Freundinnen Investments zu empfehlen, die nichts wert waren, konnte sie ihm nicht verzeihen. Es war schlimm genug, dass er überhaupt derartige Geschäfte tätigte. Allein das wäre schon ein Grund gewesen, sich von ihm zu trennen. Aber dass er auch nicht davor zurückschreckte, seine Freunde zu belügen, setzte dem Ganzen die Krone auf. Für derart skrupellos hätte sie ihn nicht gehalten. Überhaupt fiel es ihr schwer, die verschiedenen Seiten seiner Persönlichkeit zusammenzubringen. Ihr gegenüber hatte er sich liebevoll, hilfsbereit und überaus ehrlich präsentiert. Und auf der anderen Seite war er ein skrupelloser Geschäftsmann, dessen gesamtes Geschäftsmodell auf Lug und Trug aufgebaut war.

»Ich kann das alles nicht mehr ertragen!«, polterte sie.

»Aber Patricia, du verstehst doch gar nicht ...«, setzte Westenberg zu einer Verteidigung an.

»Verstehen?« Patricia schob den Regler in ihrer Stimme um einige Dezibel höher. »Verdammt noch mal, ich verstehe genau! Du hast mich benutzt, um deinen Profit zu erhöhen! Wie stehe ich jetzt vor meinem Freundeskreis da?« Patricia schnappte nach Luft und trat einen Schritt zurück. Ihr Herz raste vor Wut und Trauer zugleich. Tief in ihr drin wusste sie, dass es Zeit war, weiterzugehen – ohne Tobias. Sie stand vor ihm, ihre Arme verschränkt und ihr

Blick hart.

»Ich habe genug davon!«, fuhr sie fort. Ihre Stimme zitterte. Es war schwierig, ihre Körpersprache unter Kontrolle zu halten.

Tobias war überrascht von ihrer resoluten Entschlossenheit. So hatte er Patricia noch nie erlebt. Sein Gesichtsausdruck wurde ernster. Er seufzte schwer und ließ den Kopf hängen.

»Was meinst du?«, fragte er leise.

»Ich meine, dass ich mich ausgenutzt fühle«, antwortete Patricia scharf.

»Das ist nicht fair ... Wir können darüber reden.«

»Reden?« Patricia lachte bitter auf. »Dafür ist es zu spät.«

»Es tut mir leid«, flüsterte Tobias verzweifelt.

»Aber es reicht nicht mehr aus, zu sagen, dass es dir leidtut««, fuhr Patricia fort. »Es ist vorbei.«

Mit Tränen in den Augen drehte sie sich um und wandte sich zur Tür.

Im ersten Reflex setzte Tobias an, an ihr vorbeizusprinten, ihr den Weg zu versperren. Doch er brach ab und unternahm einen letzten Versuch, sie zurückzuhalten. »Was hast du denn jetzt vor?«

Patricia blieb vor der Tür stehen und drehte sich um. »Mach dir keine Sorgen, ich komme dir hier nicht in die Quere. Ich brauche nur Ruhe und muss auf andere Gedanken kommen.«

»Okay«, sagte Tobias resigniert. »Wenn du es dir anders überlegst: Ich werde da sein ...«

Patricia lachte auf. »Das wird mit Sicherheit nicht passieren.«

Im nächsten Moment war sie durch die Tür verschwunden. Tobias verharrte reglos auf der Stelle. Er war noch immer wie geplättet. Am liebsten wäre er ihr hinterhergestürmt, aber er wusste, dass es sinnlos war. Patricia hatte ihren eigenen Kopf und sie konnte trotzig und stiernackig sein. Er würde sie nicht von ihrem Entschluss abbringen. Jedenfalls jetzt nicht.

Am Nachmittag betrat Bohlan das Kommissariat. Er hatte sich mit Steinbrecher ein wenig im Fecher umgetan. Eine Aktion, die sie sich hätten schenken können. Zwar waren sie um einige Eindrücke aus der alternativen Szene reicher, aber bei der Lösung des Falls half ihnen das nicht weiter. Finn war dort weitgehend unbekannt und abgesehen davon, dass er längere Zeit Esther Herders Freund gewesen war, nicht viel in Erscheinung getreten.

Vor dem Polizeipräsidium hatten sie sich getrennt, da Steinbrecher zum Frisör wollte.

»Hey, Tom!«, tönte es von Julia Wills Schreibtisch aus.

Bohlan sah seiner Kollegin an, dass sie bei ihrer Recherchearbeit auf etwas Neues gestoßen war. Will hielt damit auch nicht lange hinterm Zaun.

»Ich habe weitere Daten von Finns Computer ausgewertet. Es sieht tatsächlich so aus, als hätte er versucht, Tobias Westenberg zu erpressen.«

Bohlan sah sie skeptisch an.

»Es gibt einen weiteren Mailaccount, den wir bislang nicht auf dem Schirm hatten. Mark Goedert hat mir vorhin noch einmal geholfen. Es geht zum einen, wie schon vermutet, um die Absolutmegacoin-Geschichte. Zum anderen aber auch um die Aktie der Goldmine, die erst gigantisch in die Höhe geschossen und dann rapide abgestürzt ist. Er wollte Geld für sein Schweigen.«

Bohlan hob eine Augenbraue und fragte: »Und hat Westenberg darauf reagiert?«

»Ja, tatsächlich«, antwortete Will. »Vermutlich hat er sogar zehntausend Euro gezahlt. Aber dann wollte Finn noch mehr Geld.«

»Wie viel?«

»Hunderttausend Euro«, sagte Will und stockte. Dann fügte sie hinzu: »Danach hat er noch einmal erhöht. Auf fünfhunderttausend Euro.«

Ein kurzes Schweigen folgte.

»Das bedeutet also, dass Westenberg ein schönes Motiv für einen Mord gehabt hätte«, resümierte Bohlan.

»So sieht's aus.«

»Allerdings hat Westenberg für den Tatzeitpunkt ein Alibi«, sagte Bohlan.

»Das stimmt. Es ist aber die Frage, wie belastbar das ist. Immerhin ist es von seiner Freundin.«

Bohlan strich sich grübelnd mit der Hand über den Kopf.

»Möglich wäre aber auch, dass Westenberg den Mord nicht selbst begangen hat«, merkte Will an. »Er hätte auch jemanden beauftragen können.«

»Julia, das sind interessante Überlegungen. Wir sollten eine gute Strategie zum weiteren Vorgehen entwickeln.«

Walter Steinbrecher parkte die Harley auf der Berger Straße, schlenderte von dort in eine Seitenstraße und landete kurz darauf im Salon, der zu seiner Überraschung diesmal wenig besucht war. Ahmet stand in grauer Schlabber-Jogginghose und schwarzem T-Shirt hinter dem Empfangspult und spielte an seinem Handy herum. Von Miquel, seinen Fans und der lauten Popmusik fehlte jede Spur. Die Eingangstür fiel zurück ins Schloss, eine Glocke schrillte. Ahmet schaute überrascht auf. Als er Steinbrecher erblickte, überzog ein Lächeln sein Gesicht. Er legte das Handy zur Seite und scharwenzelte um die Theke herum. Tatendurstig schwang er wenig später einen Kittel und wies Steinbrecher einen Platz zu. Der Kommissar gehorchte widerspruchslos.

»Ist ruhig heute«, sagte er, als er im Friseurstuhl saß und sich der Plastikkittel über ihn gelegt hatte.

»Ja, stimmt!« Ahmet ließ den Kamm durch die Haare gleiten. »Wie immer?«

»Wie immer«, bestätigte Steinbrecher.

Ahmet griff ins Regal, entnahm diesem den elektrischen Haarschneider und werkelte an den Einstellungen herum.

»Was ist mit dem neuen Star?«, fragte Steinbrecher.

»Krank!«, murmelte Ahmet. »Und das seit Tagen.«

Er startete den Haarschneider und drückte ihn gegen Steinbrechers Kopf. Graue Locken fielen zu Boden.

»Was ist denn los?«

Ahmet machte eine Handbewegung, die irgendwo zwischen resignierend und abfällig einzuordnen war.

Steinbrecher erinnerte sich an den letzten Friseurbesuch. Damals war laute Popmusik durch den Laden geschallt und eine Horde Jugendlicher hatte mit Handys bewaffnet eine Menschentraube vor dem Eingang gebildet.

»Und Pirmin?«

»Hör mir auf mit Pirmin!«

Steinbrecher sah Ahmet an, dass er auf seinen Chef nicht besonders gut sprechen war.

»Pirmin hat doch keine Ahnung vom Geschäft. Der hat den Laden übernommen, ohne zu wissen, dass er einen Meister braucht.«

»Im Ernst?«, schmunzelte Steinbrecher.

»Stell dir das mal vor. Als er erfahren hat, dass er einen Meister braucht, wollte er Miquel zur Meisterschule schicken. Er hätte ihm alles bezahlt.« Der Haarschneider wechselte auf die andere Seite. Weitere Locken fielen zu Boden.

»Ist doch prima. Ein klasse Angebot!«

»Miquel hat darauf aber keinen Bock. Seitdem ist er krank. Der will umjubelter Star sein und sonst nichts.«

»Warum machst du nicht den Meister?«

Ahmet schaltete den Haarschneider aus. »Sieh mich an. Dafür bin ich wirklich zu alt. Da sollen Jüngere ran. Ich weiß auch gar nicht, wo Miquels Problem ist. Ein bisschen Ausbildung hat noch niemandem geschadet, auch einem Instagram-Star nicht. Im Ernst. Heute meint doch jeder, er könne Geld scheffeln, ohne eine Leistung dafür zu erbringen.«

»Ja, vielleicht ist das so.«

Ein wenig erinnerten Ahmets Worte Steinbrecher an die jungen Leute, die in Westenbergs Seminare strömten, weil sie innerhalb weniger Monate aus dem Nichts Millionäre werden wollten. Steinbrechers Blick blieb an der von der Wand bröckelnden Farbe hängen, die er durch den Spiegel sah.

»Wer hat eigentlich den Laden renoviert?«

»Da hat unserer Super-Makler irgendeinen Kumpel angeschleppt, der von Farbe so wenig Ahnung hat wie ein Fisch vom Bergklettern. Das Ergebnis siehst du jetzt. Keine zwei Monate her, schon bröckelt die Farbe ab.«

Ahmet legte den elektrischen Haarschneider zur Seite und wechselte ihn gegen die Schere aus, um sich dem Deckhaar zuzuwenden.

Steinbrecher schloss währenddessen die Augen und versuchte, an nichts zu denken. Gelingen wollte es ihm aber nicht.

Patricia war zum Heulen zu Mute. Das Treffen mit Tobias hatte sie stärker aufgewühlt, als sie zuvor gedacht hatte. Sie war unfähig, einen klaren Gedanken zu fassen. Überstürzt hatte sie Tobias Westenbergs Wohnung verlassen und war in den Aufzug geflüchtet. Hastig hatte sie mit zittrigen Händen auf dessen Knöpfen herumgedrückt, bis sich endlich die Tür geschlossen hatte. Ihr Puls raste. Das Adrenalin schoss durch ihren Körper. Der Aufzug brachte sie nach unten, spuckte sie im Erdgeschoss aus. Wie ferngesteuert verließ sie das Haus und torkelte wie ein angeschlagener Boxer über den Bürgersteig. Wohin mit all ihrer Wut und Enttäuschung? Instinktiv steuerte sie in Richtung Main, lief einige Zeit ziellos am Ufer entlang, sog die Luft in sich auf, ließ sich den Wind durch die Haare wehen. Dann setzte sie sich auf eine freie Bank und starrte minutenlang aufs Wasser. Ab und an fuhr ein Schiff vorbei.

Nach und nach sortierten sich ihre Gedanken wieder in eine sinnvolle Reihenfolge. Sie erinnerte sich an den Plan, den sie am Morgen geschmiedet hatte. Eigentlich wollte sie erst in einem Monat nach Dubai zurück, doch dieses Vorhaben könnte sie nun vorziehen. Das Leben dort, die Sonne, das Meer, all das würde sie auf andere Gedanken bringen.

Zuvor musste sie allerdings noch ein paar Dinge erledigen. Sie tippte ein Schreiben in ihr Mailprogramm:

»Es tut mir leid! Ich habe Aktien empfohlen, ohne genügend nachzuforschen oder Ratschläge von Profis einzuholen, aber ich werde jetzt alles unternehmen, um euch zu unterstützen.«

Mit zittrigen Händen klickte sie auf »Versenden«. Die Mail ging an alle ihre Freunde.

Ein neues Kapitel begann für Patricia – eines voller Reue. Sie war entschlossen, dafür das Kapitel Tobias Westenberg endgültig hinter sich zu lassen. Aber es gab noch etwas anderes, das an ihr nagte und das sie dringend gerade rücken musste.

Tom Bohlan war dabei, es sich auf dem Deck seines Hausboots gemütlich zu machen. Er nippte an einem Glas Ebbelwei, die Sonne verschwand am Horizont und die Dämmerung ergriff den Main und die Gebäude der Höchster Altstadt. Sein Blick huschte übers Wasser, während seine Gedanken um den Fall kreisten. Seit Tagen stocherten er und sein Team im Nebel herum. Doch Bohlan ließ sich nicht entmutigen. Im Gegenteil.

Plötzlich wurde seine Aufmerksamkeit auf ein Auto gelenkt, das am Ufer direkt neben der Brücke einparkte, die zu seinem Boot führte. Es war Tamaras Wagen. Sie stieg aus und winkte ihm zu.

»Hey, Tom«, rief sie übers Ufer hinweg, »wir müssen los!«

Bohlan stöhnte innerlich auf – natürlich hatte er wieder den Tanzkurs vergessen! Hektisch klaubte er Bembel und Geripptes zusammen und eilte ins Boot. Zeit zum Umziehen hatte er keine mehr. Also beließ er es bei Hemd und Jeans, sprühte lediglich etwas Deo auf.

»Wo bleibst du denn?« Tamara drängelte. Sie stand mittlerweile an der Eingangstür und klopfte gegen das Holz.

Bohlan öffnete die Tür, schlüpfte gleichzeitig in seine Schuhe.

»Entschuldigung!«, antwortete der Kommissar lächelnd und deutetet einen discofoxähnlichen Tanzschritt an. »Ich war gerade tief in meinem Fall versunken.«

»Dachte ich mir«, sagte Tamara amüsiert. »Aber jetzt müssen wir schleunigst los. Sonst kommen wir wirklich zu spät!«

Bohlan zog die Tür hinter sich zu und eilte Tamara hinterher, die schon längst wieder die Mitte des Stegs erreicht hatte.

Kurz darauf fuhren sie in Richtung Kelkheim. Aus dem

Autoradio ertönte Tina Turners »What's love got to do with it«. Bohlan versuchte, sich an die Schrittfolgen zu erinnern, die sie in der letzten Woche gelernt hatten. Obwohl sie es sich mehrfach vorgenommen hatten, hatten sie es seitdem nicht geschafft, zu üben. Der Grundschritt war ihm noch halbwegs präsent. Aber wie war das nochmal mit der Drehung?

»It's physical, only logical«, trötete Tina und Bohlan grübelte darüber nach, ob die Drehung linksherum oder rechtsherum ging? Doch so sehr er sich auch anstrengte – es wollte ihm nicht einfallen.

Tamara plapperte die ganze Zeit von einem neuen Projekt, das sie an Land gezogen hatte. Bohlan streute hier und da eine Nachfrage ein – und vertraute ansonsten darauf, dass ihm nachher der Tanzlehrer aus der Bredouille helfen würde.

Wenig später standen Tom und Tamara mit den anderen in Reih und Glied vor dem großen Spiegel im Tanzsaal. Salvatore, der drahtige italienische Tanzlehrer, spielte an der Musikbox herum, bis er den richtigen Song gefunden hatte. Dann klatschte er begeistert in die Hände.

»Auf gehts. Der Discofox-Grundschritt wie letzte Woche. Erst mal solo!«

Bohlan lief es heiß und kalt den Rücken hinunter. Klar: vor, vor, tepp – rück, rück, tepp. Das hatte er zwar im Ohr. Aber nicht in den Füßen, die alles andere als das machen wollten. Zumindest nicht im richtigen Rhythmus. Tom seufzte auf, als er zum x-ten Mal seinen Fuß falsch setzte.

»Das wird nie was mit mir«, murmelte er frustriert. Tamara, die neben ihm tanzte, lächelte aufmunternd: »Komm schon, du hast das doch letztes Mal auch hinbekommen.«

Tom schüttelte den Kopf. »Ich glaub, ich habe alles vergessen. Vielleicht sollte ich einfach nur zuschauen.«

Salvatore gab vor dem Spiegel weiter den Eintänzer. Bohlan konzentrierte sich auf den kleinen Italiener, kopierte dessen Schritte und schaffte es, den Takt zu halten. Irgendwann traute er sich, im Spiegel nach sich selbst Ausschau zu halten. Da er nicht in der ersten Reihe stand, blitzte nur ab und an sein Kopf auf. Ansonsten wogte sein Körper in perfekter Synchronie mit den anderen. Er schwamm quasi im Strom. Aber halt! Da war sie wieder, die Ausnahme. Paul tanzte aus der Reihe – genau eine Reihe hinter Tom.

»Paul tanzt wieder wie eine betrunkene Giraffe!«, raunte Bohlan Tamara zu.

»Pst!«, machte Tamara. »Eben noch total verzweifelt und nun hast du wieder Oberwasser!«

Plötzlich verhallte die Musik und Salvatore klatschte begeistert in die Hände.

»Jetzt paarweise!«

Tom ergriff Tamaras Hand. Sie nahmen die Tanzhaltung ein und warteten darauf, dass Salvatore die Musik startete.

Dann legten Elton John und Dua Lipa los:

»Cold, Cold Heart ...«

Bohlan schob Tamara mit zaghaften Schritten übers Parkett. Nach der ersten geglückten Drehung packte ihn der Rhythmus. Er fühlte sich immer sicherer, meinte bald zu fliegen.

Mit zunehmender Begeisterung schob er Tamara durch den Saal. Wenn er ihr zwischendurch auf den Fuß trat, lachten sie gemeinsam.

In der Pause sagte Tamara »Hey, du hast es doch noch geschafft!«

Bohlan zwinkerte ihr zu. »Bin doch nicht so ein Bewegungstrottel.«

»Na, wenn du meinst!«, entgegnete Tamara. »Komm, hol uns einen Aperol, dann klappt es nachher noch besser!«

Julian Steinbrecher saß mit Melli in der Pizzeria »Da Cimino« in Heddernheim. Draußen war es dunkel. Sie hatten Pizza gegessen und saßen bei einem Glas Wein zusammen. Julian lenkte das Gespräch vorsichtig auf den Mordfall seines Vaters. Er hatte schon den ganzen Abend seine Gedanken sortiert, da er unter keinen Umständen einen weiteren Streit wegen des Fechers riskieren wollte.

»Wie gut kennst du eigentlich Esther Herder?«, fragte er schließlich gerade heraus.

Mellis Augen weiteten sich überrascht. »Warum willst du das wissen?«

»Ich war heute bei Papa. Die ermitteln gerade in dem Mordfall Finn Bauernfeind«, führte Julian aus. »Du weißt, die Leiche, die am Eisernen Steg gefunden wurde. Stand schon groß und breit in der Zeitung.«

»Ja, habe ich gelesen. Der Tote ist Finn?«

»Ja«, bestätigte Julian. »Kanntest du den?«

Melli sah ihn sichtlich betroffen an. »Ja, Esther Herder ist schon lange beim Fecher aktiv. Sie kümmert sich vor allem um Veranstaltungen, Presse und so weiter. Finn war ihr Freund. Er war auch ein paar Mal im Camp.«

»War Finn dort auch engagiert?«

Melli zuckte mit den Schultern. »Nicht wirklich. Er ist ein paar Mal mitgekommen und hat geholfen. Das hat er aber vor allem für Esther gemacht, nicht wegen des Riederwaldtunnels. Obwohl er in der Nähe wohnt.«

»Hm«, machte Julian nachdenklich. »Weißt du, warum sich die beiden getrennt haben?«

»Er ist fremdgegangen. Hat zumindest Esther erzählt.

Aber Genaues weiß ich nicht.« Melli nippte am Weinglas. »Sie hat sich dann auch relativ schnell getröstet.«

»Ach?!«

»Ja, mit Janos!«

»Ist der bei den Aktivisten?«

Melli lachte überrascht auf. »Janos? Nein! Aber der wohnt in Heddernheim! Gleich hier um die Ecke. Ich kenne ihn von früher.«

Julian nickte langsam. »Kannst du mir auch seinen Nachnamen und die Adresse geben? Das könnte für Papa sicher interessant sein.«

»Klar.« Melli kritzelte beides auf einen Bierdeckel und schob diesen zu Julian.

»Und jetzt lass uns nach Hause gehen. Ich bin ziemlich müde.«

Sie tranken ihre Gläser aus und gingen Richtung Tür, wo Julian die Rechnung beglich.

Als sie in der kalten Nachtluft standen, gab Julian Melli einen Kuss. »Bist du wirklich so müde?«

»Kommt drauf an, was du vorhast!«, erwiderte Melli mit einem Grinsen.

13.

Tom Bohlan joggte schon eine ganze Weile das Niddaufer entlang. Die frische Luft flutete sein Gehirn. Aus den Kopfhörern drang Popmusik. Normalerweise half ihm der Beat, sich aufs Laufen zu konzentrieren, doch heute klappte es nicht. Er konnte nicht aufhören, über den Fall nachzudenken.

Wer war der Täter? Janos, der Mann, der durch Finn Bauernfeinds Empfehlungen viel Geld verloren hatte? Oder steckte doch Westenberg dahinter? Finn könnte ihn wegen seiner Tipps an seine Freunde angegangen sein. Oder wollte Westenberg Finn mundtot machen? Und welche Rolle spielte Patricia Simon in diesem Spiel? Deckte sie Westenberg? Wollte sie ihm aus der Bredouille helfen? Oder kam am Ende jemand aus Mandics Umfeld infrage? Und was war mit Niels Kraus? Alle vermeintlichen Verdächtigen hatten ein Motiv. Vielleicht musste er sich mehr auf seine Instinkte verlassen, um den Täter zu finden.

Bohlan passierte das alte Höchster Wehr. Schräg dahinter lag das Gelände des Schwimmvereins, das freilich noch nicht geöffnet hatte.

»Hallo, Herr Kommissar«, tönte plötzlich eine Stimme. Bohlan blieb reflexartig stehen, zog einen Stöpsel aus dem Ohr und sah sich suchend um.

»Hier!«

Zwischen zwei Bäumen trat Heiko Vomhaus auf den Weg, wie immer mit Schiebermütze auf dem Kopf. In seinen Händen hielt er ein Fernglas.

»Ja?«, fragte Bohlan.

Das Auftauchen des Journalisten war ihm gar nicht recht.

»Was macht der Fall?« Vomhaus kam unumwunden

zum Punkt.

»Mühsam ernährt sich das Eichhörnchen«, erwiderte Bohlan, noch immer etwas außer Atem.

»Und was machst du hier im Unterholz?«

Der Journalist machte eine Kopfbewegung hin zum Wehr. Bohlan schaute in die gewiesene Richtung und kniff die Augen zusammen. Erkennen konnte er indes nichts. »Bist du etwa unter die Vogelbetrachter gegangen?«, fragte er.

»Nein, ich halte Ausschau nach Robinson Crusoe!«

Bohlans Gesicht verzog sich zu einer fragenden Grimasse. Manchmal war Vomhaus schon ein wenig seltsam – nicht nur was seine Höchst-Verliebtheit anbelangte.

»Dort drüben auf der Insel hat sich jemand niedergelassen und gerät zunehmend zum Ärgernis. Natürlich hat die Polizei mal wieder keinen Schimmer!«, sagte Vomhaus.

»Wie kommst du denn darauf?«

»Siehst du die Indizien etwa nicht? Schau mal genau hin!«

Bohlan wandte den Kopf suchend Richtung Insel.

»Es gibt eine Feuerstelle, Plastikboxen, zum Trocknen aufgehängte Decken. Und eine Tüte unbekannten Inhalts baumelt an einem Strauch.«

Bohlan musterte die kleine Insel, die im Niddawildwasser vor dem Wehr lag. Vomhaus hatte tatsächlich mit allem Recht, was er beschrieb.

»Die Tüte dient vermutlich zur Aufbewahrung für Vorräte, damit die Tiere nicht drangehen«, sagte Bohlan.

»Schau an, der Herr Kommissar nimmt Witterung auf!«, frotzelte Vomhaus.

»Inbesitznahme von Land ist nicht mein Aufgabenbereich«, erwiderte Bohlan. »Darum soll sich das Umweltamt kümmern. Hast du Robinson schon zu Gesicht bekommen?«

»Bisher nicht. Ich vermute, dass der erst bei Dunkelheit hier auftaucht. Das wird wohl eine Nachtschicht.«

Bohlan lächelte verständnisvoll.

»Warum tust du dir das an? Habt ihr keinen Praktikanten?«

»Das ist Investigativjournalismus«, erläuterte Vomhaus, »und somit Chefsache!«

Wahrscheinlich wollte Vomhaus nicht hinterm Schreibtisch sitzen, dachte Bohlan. Einen Umstand, den er bestens verstehen konnte.

»Außerdem«, schob Vomhaus nach, »geht es hier um eines der wenigen Rückzugsgebiete für bedrohte Tier- und Pflanzenarten. Damit ist nicht zu spaßen.«

Bohlan wollte etwas erwidern, doch Vomhaus trat zwei Schritte zurück. »Und jetzt lauf weiter. Bewegung ist wichtig!«

Bohlan hob kurz die Hand und setzte seinen Lauf fort.

Als er die Brücke an der Wörthspitze überquerte, klingelte sein Handy.

»Ja?«

»Komm schnell ins Büro.« Es war Steinbrechers Stimme am anderen Ende der Leitung. »Es gibt eine interessante Wendung!«

Bohlan hörte sich Steinbrechers Informationen an und gab grünes Licht für dessen Vorhaben. Dann beschleunigte er seine Schritte und beeilte sich, zurück zum Hausboot zu kommen. Merkwürdig, wie sich plötzlich die Ereignisse überschlugen, dachte er. Erst trieb alles tagelang zähflüssig dahin, dann erhöhte sich der Druck, als habe jemand eine Schleuse geöffnet.

Nach einer kurzen Dusche setzte er sich ins Auto und fuhr Richtung Präsidium.

Steinbrecher saß Janos gegenüber und starrte ihn an. Er

war gleich nach dem Telefonat mit Bohlan nach Heddernheim gefahren.

»Janos«, sagte Steinbrecher mit ruhiger, fester Stimme, »wir müssen darüber sprechen, wie es sich mit Esther verhält.«

Janos zuckte leicht zusammen und senkte den Blick.

»Wie soll es sich verhalten? Wir sind seit Langem befreundet«, murmelte er vor sich hin.

»Befreundet?«, fragte Steinbrecher süffisant. »Ist es nicht etwas mehr als Freundschaft?«

»Wie kommen Sie darauf?«

»Ich habe meine Informationen.«

Janos schluckte erkennbar und rutschte nervös auf seinem Stuhl hin und her.

»Ja ... ja das stimmt«, gab er schließlich sichtlich widerwillig zu. »Wir sind zusammen.«

Steinbrechers Hand schlug auf den Tisch.

»Warum haben Sie das nicht früher gesagt?«, fragte er scharf.

»Was soll ich denn sagen? Ich dachte halt, es sei nicht wichtig. Und außerdem hat es nichts mit Finns Tod zu tun!«

»Was wichtig ist, sollten Sie uns überlassen«, entgegnete Steinbrecher kühl. »Aber zurück zur Sache: Seit wann lief da was mit Esther?«

»Seit ein paar Wochen. Allerdings hatte Esther zuvor die Sache mit Finn beendet«, gestand Janos nach einem Moment des Schweigens.

»Wusste Finn davon?«

»Von mir nicht«, antwortete Janos schnell.

»Dann frage ich mich allerdings,« sagte Steinbrecher betont langsam, »warum ausgerechnet Finn umgebracht wurde ...«

»Was? Ich habe nichts damit zu tun!« Janos stand auf

und machte Anstalten, den Raum zu verlassen. Doch Steinbrecher hielt ihn zurück.

»Bleib sitzen«, herrschte er ihn an.

Janos setzte sich wieder hin. »Ich sage es Ihnen ein letztes Mal: Ich hatte keinen Grund, Finn umzubringen! Alles, was ich will ist, Esther glücklich zu machen.« Seine Stimme wurde mit jedem Wort lauter und zorniger.

Steinbrechers Miene blieb unverändert hart. »Und dafür hast du möglicherweise einen Mann getötet?«

»Niemals!«, rief Janos aus. »Warum sollte ich! Es macht doch keinen Sinn!«

Plötzlich durchbrach eine weibliche Stimme den Streit: »Vielleicht kann ich helfen ...«

Steinbrecher drehte sich verwundert um. Im Türrahmen stand Esther. Ihre Wangen waren gerötet.

»Wo kommen Sie denn plötzlich her?«

»Aus dem Schlafzimmer.«

»Sie hat bei mir übernachtet«, fügte Janos hinzu.

»Nachdem ich von Finns neuster Affäre erfahren habe, habe ich mich von ihm getrennt. Das war keine leichte Zeit und Janos hat mir sehr geholfen. Und dann ist das eben mit uns passiert ...« Sie blickte ein wenig beschämt auf den Boden.

»Und das hat Finn gewusst?«, fragte Steinbrecher ungläubig.

Esther schüttelte energisch den Kopf. »Nein, jedenfalls nicht von mir oder Janos. Ist natürlich gut möglich, dass er es von anderer Seite erfahren hat. Aber wir hatten keinen Kontakt mehr.«

Steinbrecher blickte zu Janos.

»Wie gesagt: Ich habe ihm nichts erzählt. Und er hat mich auch nicht darauf angesprochen«, versicherte dieser.

»Aber was soll das denn mit Finns Tod zu tun haben?«, hakte Esther nach. »Ich meine, wenn Janos tot wäre, könnte ich das ja verstehen. Dann könnte Finn ihn aus Eifersucht getötet haben, aber so?«

»Okay«, sagte Steinbrecher. Er dachte eine Weile nach. Esthers Einwand war nicht von der Hand zu weisen. »Es muss ja nicht mit Absicht passiert sein! Vielleicht kam es zu einem Streit. Und der Mord passierte im Affekt!«

»Nein, so war das nicht!«, insistierte Janos.

»Wir belassen es einstweilen dabei«, sagte Steinbrecher. »Aber wir behalten das im Auge. Und ich rate dir, zukünftig wichtige Dinge nicht zu verschweigen. Wenn Ihnen also noch etwas einfallen sollte, melden Sie sich bitte umgehend bei uns.«

Tom Bohlan starrte ungeduldig die Ampel an der Adickesallee an. Er wartete darauf, dass sie endlich auf Grün umschaltete. Der Verkehr war eine Katastrophe und seine Geduld wurde zum wiederholten Mal auf eine harte Probe gestellt. Plötzlich schreckte ihn eine Stimme auf.

»Hey, Boss, willste nich' 'ne Bildzeitung kaufen? Die haben heute echt coole Storys drin!«

Bohlan wandte sich zum Seitenfenster und blickte in die Augen des Zeitungsverkäufers, der hektisch mit dem Papier wedelte. Wollte er nur eine Zeitung verkaufen oder hatte er Informationen aus dem Milieu?

Bohlan ließ die Scheibe hinunter.

»Ich habe keine Zeit für den Klatsch und Tratsch von irgendwelchen Promis«, erwiderte Bohlan und lächelte dabei.

»Weiß ich, Boss! Ich hab da was richtig Heißes für dich! Ein Bekannter hat mir verraten, dass er den Mord am Eisernen Steg beobachtet hat!«, raunte er mit einem verschwörerischen Gesichtsausdruck.

Bohlans Ungeduld wandelte sich in gespannte Erwartung. Endlich ein Lichtblick!

»Wer ist dieser Zeuge?«, fragte Bohlan.

»Manni heißt der Gute«, antwortete der Verkäufer prompt. »Wohnt in der Obdachlosenunterkunft.«

»Kann ich ihn treffen?«

Der Mann zog eine Schulter hoch: »Geh am besten zu Schwester Sigrid. Der Manni ist eigentlich immer da.«

Bohlan war zufrieden und drückte dem Verkäufer einen Zehner in die Hand. Schwester Sigrid war ihm noch aus früheren Zeiten ein Begriff. Die Ordensschwester betrieb seit vielen Jahren eine Obdachlosenunterkunft an der Eschersheimer Landstraße. Dort gab es kleine Einzelzimmer und eine ordentliche Verpflegung für die Jungs und Mädels von der Straße. Auf die Idee, sich dort mal umzuhören, hätte er auch selbst kommen können, aber gut.

»Danke für den Tipp«, sagte Bohlan.

»Willst du wirklich keine Zeitung?«

»Steht was über die Frankfurter Polizei drin?«

»Nicht, dass ich wüsste.«

»Dann nicht.«

Da sich die Wagen vor ihm in Bewegung setzten und hinter ihm ungeduldig gehupt wurde, fuhr Bohlan langsam an.

»Danke noch mal!«

Bohlan beschloss, den Wagen im Parkhaus des Präsidiums zu parken und dann zu Fuß zur Obdachlosenunterkunft zu laufen. Bei der Gelegenheit könnte er sich im Supermarkt an der Ecke noch ein Stückchen kaufen. Die morgendliche Joggingrunde löste gerade eine Hungerattacke aus. Vor dem Präsidium traf er auf Steinbrecher, der dabei war, seine Harley abzustellen. Als dieser ihn erblickte, atmete tief durch, bevor er loslegte:

»Tom, ich komme gerade von Janos. Esther war übrigens auch da. Die beiden scheinen neuerdings unzertrennlich zu sein.«

Bohlan hob eine Augenbraue.

»Und was hat der gesagt?«

»Er hat zerknirscht zugeben müssen, dass er mit Esther zusammen ist.« Steinbrecher senkte seine Stimme ein wenig. »Und sie hat es bestätigt.«

Bohlans Miene verfinsterte sich. »Das bedeutet also, dass die beiden gelogen haben, als wir sie befragt haben.«

Steinbrecher nickte mit dem Kopf. »Ja, das stimmt. Trotzdem behaupten beide vehement, nichts mit dem Mord zu tun zu haben.«

»Was hältst du davon?«

»Ich sehe momentan kein Mordmotiv bei den beiden«, antwortete Steinbrecher ehrlich.

»Aber Finn hätte eins gehabt?«, fragte Bohlan. In seiner Stimme lag Skepsis.

»Ja, genau«, entgegnete Steinbrecher sofort. »Wenn einer von denen etwas damit zu tun gehabt haben könnte, dann wäre es Finn gewesen.«

Ein Moment des Schweigens lag zwischen den beiden, dann sagte Bohlan: »Gut gemacht, Kommissar.«

Julia Will saß an ihrem Schreibtisch im Präsidium und war gerade dabei, ihre E-Mails zu lesen, als das Telefon klingelte. Die Kommissarin warf einen kurzen Blick auf das Display. Es war der Empfang. Sie griff zum Hörer.

»Ja?«

»Hallo, Frau Will, hier ist die Pforte.«

»Das habe ich schon im Display gesehen, was gibt es?«

»Hier steht eine junge Frau, die Sie dringend sprechen will.«

»In welcher Angelegenheit?«

»Sie sagt, es sei wichtig. Ihr Name ist Patricia Simon.«

»Okay, schick sie hoch.«

Keine fünf Minuten später klopfte es an der Tür des Kommissariats.

»Guten Tag, Frau Simon«, sagte Will, die sich zur Begrüßung von ihrem Schreibtisch erhoben hatte. Die beiden Frauen gaben sich die Hände und saßen kurz darauf am Besprechungstisch.

Will sah Patricia Simon fragend an.

»Also, ich möchte meine Aussage korrigieren«, sagte diese nach einiger Zeit etwas gepresst. Will sah ihr an, dass ihr die Situation äußerst unangenehm war. Sie blickte Patricia Simon aufmunternd an.

»Also, ich war an dem Abend nicht mit Tobias unterwegs!«

Die Worte hallten einen Moment durch den Raum. Will brauchte ein paar Sekunden, um ihren Inhalt und dessen Bedeutung zu erfassen.

»Sie meinen, dass Sie in der Tatnacht nicht mit Tobias zusammen waren?«, echote Will schließlich, um sicherzugehen, dass sie sich nicht verhört hatte.

»Genau. Eigentlich waren wir für den Abend verabredet gewesen. Ich hatte sogar schon die Kinotickets gekauft. Doch Tobias rief mich dann kurz vorher an und sagte, dass ihm etwas dazwischengekommen sei. Mir war das dann gar nicht unrecht, weil ich den ganzen Tag Meetings hatte und total müde war.«

Will trommelte mit dem Kugelschreiber gegen die Tischkante. Patricia sah sie währenddessen –eine Reaktion erwartend – an.

»Und warum haben Sie dann etwas anderes ausgesagt? Warum haben Sie Tobias ein falsches Alibi gegeben?«

„Weil er mich darum gebeten hat."

»Ist das ein Grund?«

»Nein, natürlich nicht. Aber wenn man einen Menschen

liebt, dann tut man manchmal Dinge, die man besser unterlassen sollte. Ist Ihnen das noch nie passiert?«

Will zog für einen Augenblick die Stirn in Falten und dachte über die Frage nach, bevor sie antwortete: »Aus Liebe macht man vielleicht manchmal Dinge, die man bei klarem Verstand nicht machen würde. Aber eine Falschaussage bei der Polizei hat eine andere Dimension.«

»Natürlich. Und deshalb bin ich ja auch jetzt hier.«

»Das ist lobenswert. Aber Sie hätten uns eine Menge Arbeit erspart, wenn Sie das schon vor ein paar Tagen getan hätten.«

»Ich weiß«, räumte Patricia Simon kleinlaut ein. »Und wie geht das jetzt weiter?«

»Ich werde Ihre neue Aussage zu Protokoll nehmen«, sagte Will. »Alles andere wird man später sehen.«

»Okay.«

»Eine Frage habe ich aber noch: Ist das schlechte Gewissen der einzige Grund, warum Sie Ihre Aussage korrigieren?«

»Nein. Nicht nur. Tobias hat mich hintergangen und ausgenutzt«, platzte es aus Patricia Simon heraus. Und dann schüttete sie der Kommissarin ihr Herz aus.

Als Bohlan in der Obdachlosenunterkunft in der Eschersheimer Landstraße ankam, wurde er am Eingang von einem Mann begrüßt. Er trug einen alten Parka und abgewetzte Jeans. Seine Augen lagen in tiefen Höhlen, die Gesichtsfarbe war blass.

»Bist du der Typ von der Kripo? Mein Zimmernachbar hat gesagt, dass du kommen würdest!«

»Ja, bin ich. Und wer bist du?«

»Manni«, antwortete der Mann.

»Können wir uns hier irgendwo unterhalten?«

»Hinten in der Cafeteria. Da ist nicht viel los.«

Manni machte auf dem Absatz kehrt und tigerte los. Bohlan folgte ihm durch einen Gang, dann durch eine Glastür. Sie durchquerten den Raum der Essensausgabe. Die meisten Tische waren leer. Manni steuerte auf einen kleinen runden Tisch im hinteren Eck zu. Beide setzten sich.

Bohlan betrachtete den Mann. Mannis Haut war ledrig und zerfurcht. Er hatte einen grauen Vollbart und ebenso graues, aber noch dichtes Haar. Der Kommissar schätzte ihn auf Ende fünfzig, war sich aber nicht sicher. Wenn man jahrelang auf der Straße lebte, unter Brücken oder im Winter in U-Bahnschächten übernachtete, zehrte das an der Substanz. Kein Körper hielt das ewig aus. Man alterte schneller.

»Sie haben also in der besagten Nacht etwas beobachtet?«, fragte Bohlan.

»Yes, Sir«, antwortete Manni, »und zwar einen feinen Dolchstich.«

»Einen Dolchstich?«

»Na ja, vermutlich war es eher ein Messer oder so. So ganz genau habe ich das nicht gesehen. Aber zugestoßen hat der Mann.« Manni simulierte mit der rechten Hand eine Stoßbewegung.

»Wo war das genau?«, fragte Bohlan.

»Auf den Stufen vorm Eisernen Steg. Ich kam von der Sachsenhäuser Seite, wollte zu den anderen unter die Brücke. Sie wissen ja, wo das Lager ist.«

»Ja«, antwortet Bohlan. Er wusste genau, wo die Obdachlosen seit Jahren unter der Brücke eine Art Lager aufgebaut hatten. Sie hausten dort auf Matratzen, lagerten ihr Hab und Gut in Plastiktüten, saßen abends am Feuer zusammen.

»Was genau ist passiert?«

»So ein Kerl im feinen Zwirn hat auf den anderen eingestochen. Der blieb regungslos liegen. Zum Abschied steckte er dem Opfer etwas in den Mund.«

»Was genau?«, hakte Bohlan nach. Bislang erschien ihm Mannis Aussage äußerst plausibel.

»Es müssen wohl Geldbündel gewesen sein.« Manni schniefte, wischte anschließend mit einem alten Taschentuch über die Nase.

»Sie haben das Messer nicht genau gesehen, aber die Geldbündel?«

»Der Mann ist dann weg Richtung Römer«, führte Manni aus, ohne auf Bohlans Einwand zu reagieren. »Ich habe auf der Brücke noch kurz abgewartet. Dann bin ich zu dem Typ am Boden. Da habe ich das Geld gesehen, steckte in seinem Rachen. Muss wohl zu Lebzeiten ein ziemlicher Raffzahn gewesen sein.«

Bohlan musterte Manni. Beinahe schien es ihm, als grinste dieser für einen Moment.

»Warum haben Sie nicht die Polizei verständigt?«

»Warum wohl?! Ich wollte keine Unannehmlichkeiten. Davon habe ich sowieso schon genug, Sir!«

»Vielleicht war der Mann gar nicht tot. Dann hätten Sie ihm das Leben retten können.«

»Und ob der tot war. Der hat nicht mehr geatmet. Und einen Puls hatte er auch nicht mehr. Den habe ich nämlich versucht zu ertasten. Und so was kann ich. Ich war mal Rettungssanitäter. Das ist aber lange her.«

Bohlan musterte sein Gegenüber eindringlich. Für einen Moment überlegte er, ob er ihn über seine Vergangenheit ausfragen sollte, ließ es dann aber lieber bleiben. Während seiner langen Dienstzeit hatte er mit vielen Obdachlosen zu tun gehabt, hatte sich oft und lange mit ihnen unterhalten. Die meisten hatten eine bewegte Vergangenheit. Oft waren es Schicksalsschläge, die gravierenden Veränderungen auslösten und den Weg in die Obdachlosigkeit wiesen: Frau gestorben, aus der Bahn geraten, mit dem Trinken angefangen, den Job verloren, die Wohnung verloren ... Da geriet man schnell in eine Abwärtsspirale.

»Eh, Sir, Herr Kommissar!«

Bohlan schreckte aus seinen Gedanken auf.

»Ist alles okay?«, erkundigte sich Manni.

»Ja, natürlich.« Bohlan beschloss, keine Fragen nach der Vergangenheit zu stellen. Sie führten nicht weiter. Er hielt den Mann für glaubwürdig – warum auch immer. Wenn er behauptete, mal ein Rettungssanitäter gewesen zu sein, dann wird das so gewesen sein. Punkt, fertig!

»Können Sie den Täter beschreiben?«

Manni kniff die Augen zusammen. »Wie gesagt: Er trug einen feinen Zwirn. Vermutlich ein Banker!«

»Gehts etwas genauer?«

»Wollmantel, edler Schal. Braune gewellte Haare. Schwarze Hornbrille, so was halt.«

Bohlan wurde hellhörig. Die Beschreibung kam ihm bekannt vor. Er taste in seiner Jacke nach dem Handy und durchsuchte die Fotos. Kurz darauf hielt er Manni ein Foto von Westenberg unter die Nase.

»So wie dieser hier?«

Manni nahm das Handy in beide Hände und studierte eingehend das Foto.

»Ja, das war er.«

»Sicher?«

»Neunundneunzig Komma neun Prozent.«

»Danke, damit haben Sie uns sehr geholfen«, sagte Bohlan.

Eigentlich hatte er ihm noch auf den Zahn fühlen wollen, ob er denn etwas von dem Geld genommen hätte. Doch das ließ er jetzt bleiben und machte Anstalten, sich zu erheben.

»Gibts keine Belohnung?«, wollte Mannis wissen.

»Es wurde bislang leider keine ausgesetzt«, antworte Bohlan und kniff die Augen zusammen.

Manni sah ihn enttäuscht an.

»Aber, Sie haben mir vermutlich eine Menge Arbeit erspart«, sagte Bohlan und zog einen Fünfziger aus seinem Portemonnaie.

Ein Leuchten legte sich über Mannis Gesicht. »Tausend Dank, das ist sehr großzügig.«

Tobias Westenberg lief rastlos durch die Straßen, seine Augen suchten unablässig nach einem Fluchtpunkt, fanden aber keinen. Patricia war spurlos verschwunden und er hatte keine Ahnung, wo sie sein könnte. In ihrer Wohnung war sie nicht. Telefonanrufe drückte sie weg. Ja, er hatte sie hintergangen und ausgenutzt. Das war ein schwerer Fehler gewesen. Wenn er die Zeit zurückdrehen könnte, würde er es sofort tun.

Er verfluchte den Tag vor ein paar Monaten, an dem er nervös durch die Lobby des Frankfurter Opernturms zu den Aufzügen geschritten war. Die mit hellem Marmor ausgekleidete Halle war abgesehen von den Empfangsangestellten leer gewesen und hatte einen unpersönlichen Eindruck hinterlassen. Zwar hatte er Gespräche wie das bevorstehende schon des Öfteren geführt, doch diesmal ging es um sehr viel Geld. Der Aufzug raste mit ungeheurer Geschwindigkeit nach oben. Zweiundvierzig Stockwerke gab es, im dreißigsten hielt der Aufzug an und die Türen surrten beinahe geräuschlos zur Seite. Kurz darauf betrat er den angemieteten Konferenzraum, wo er bereits von zwei Männern erwartet wurde. Beide waren businesslike gekleidet: dunkler Anzug, Schlips, weißes Hemd. Der eine Mann war asiatischer Abstammung, schlank und drahtig, der andere korpulent und laut im Auftritt. Nach einer kurzen Begrüßung verbunden mit dem Angebot eines Kaffees, das Westenberg dankend ablehnte, und etwas belanglosem Small Talk, kam der Korpulente schnell zur Sache.

»Haben Sie sich die Sache durch den Kopf gehen lassen?« Er taxierte Westenberg, während er an seinem Cappuccino schlürfte.

»Ja«, sagte Westenberg mit einem leichten Kopfnicken.

»Und zu welchem Ergebnis sind Sie gekommen?«

Westenberg ließ sich mit der Antwort Zeit, blickte demonstrativ durch die großen Glasfenster nach draußen auf den weitläufigen Opernplatz. Menschen überquerten ihn in verschiedenen Richtungen. Einige saßen am Brunnen, andere fotografierten die Alte Oper. Vor den Restaurants standen bereits Tische und Stühle. Die Wirte bereiteten geschäftig den Mittagstisch vor. Er ließ den Blick weiter zum Horizont gleiten. Heute war die Sicht klar, man konnte weit über die Stadtgrenze hinaus bis ins Umland schauen. Hier oben lag die Welt ihrem Betrachter zu Füßen.

»Es ist keine einfache Entscheidung. Ich muss von den Aktien und ihrem Entwicklungspotenzial zu hundert Prozent überzeugt sein, bevor ich sie in mein Depot aufnehme. Schließlich will ich keine Schrottaktien empfehlen.«

»Und genau deswegen sind wir hier«, sagte der Cappuccino-Mann. »Unsere Goldmine steht kurz vor dem Durchbruch. Wir haben exzellente Bodengutachten, die ein enormes Potenzial an Goldressourcen bescheinigen. Sehen Sie selbst.«

Der Cappuccino-Mann zauberte ein dickes Papierbündel aus seinem Aktenkoffer und schob es über den Tisch.

Tobias Westenberg blätterte durch den Stapel. In der Tat zeigten die gedruckten Tabellen ein enormes Goldvorkommen.

»Wann kann mit dem Schürfen begonnen werden?«, wollte er wissen.

»Es sind noch ein paar Vorbereitungen zu treffen. Wir warten noch auf die Lieferung einiger Gerätschaften, Personal muss eingestellt werden. Spätestens zum Jahresende soll es starten.«

»Wie sieht es mit den staatlichen Genehmigungen aus?«

»Sind beantragt und werden zügig bearbeitet.«

»In diesem Land sind sie aber nicht einfach zu bekommen. In der Vergangenheit wurden sie einigen Unternehmen versagt«, gab Westenberg zu bedenken.

»Sie haben sich gut informiert«, lächelte der Cappuccino-Mann. »Aber Sie brauchen sich keine Sorgen zu machen. Wir alle wissen, dass die Regierung und die Behörden dort total korrupt sind. Aber genau das ist unser Vorteil. Wir haben die besten Connections und wissen sehr genau, wie wir an die Genehmigungen kommen. Sie verstehen, was ich meine?!«

Westenberg spielte weiterhin den Nachdenklichen, obwohl er sich längst entschieden hatte.

»Wenn Sie auf Ihr ursprüngliches Angebot noch ein wenig drauflegen«

»Darum geht es Ihnen also …«, sagte der Cappuccino-Mann und tauschte mit dem Asiaten ein paar Blicke aus. »Also gut, wir können Ihnen zusätzlich noch ein kleines Aktienpaket zu der zugesagten Provision anbieten.« Er kritzelte ein paar Zahlen auf ein Blatt Papier und schob dieses kommentarlos über den Tisch.

Westenberg schaute auf die Zahlen, ein Lächeln huschte über sein Gesicht.

»Also sind wir im Geschäft?«, fragte der Asiate mit einem unüberhörbaren Drängen in der Stimme.

Westenberg streckte seinem Gegenüber die Hand entgegen.

Heute würde er sich auf den Deal nicht mehr einlassen. Heute war er schlauer. Heute würde er gern seinen Gewinn gegen Patricias Rückkehr eintauschen.

Er hatte sich einlullen lassen, hatte der Goldmienengeschichte tatsächlich vertraut und sich keine Gedanken darüber gemacht, dass es schiefgehen könnte. Ganz zu schweigen davon, dass es Menschen gab, die ihre gesamten Ersparnisse verlieren könnten. Es war ein Rausch gewesen, ein moderner Goldrausch.

Jetzt hatte er dafür bitter bezahlt und Patricia verloren. Seit sie weg war, tauchte permanent ihr Bild in seinen Gedanken auf. Erinnerungen an die gemeinsame Zeit zogen vor seinem inneren Auge vorbei: der erste Kuss, die Tage am Meer und das Versprechen auf ewige Liebe. All das schien wie ein altes Polaroid zu verblassen.

Wenn er in der Menge eine Frau mit blonden Haaren sah, glaubte er sofort, es könnte Patricia sein. Vorhin war er sogar einer Blondine hinterhergelaufen und hatte sie angesprochen. Erst als sie sich umdrehte, bemerkte er seinen Fehler.

Das Klingeln seines Handys riss ihn aus seinen Gedanken. Es war Markus, ein gemeinsamer Freund. Markus hatte nie schlechte Laune. Ihm schien es immer gut zu gehen. Wenn Tobias ein Problem hatte, rief er Markus an. Dieser hatte meistens eine Lösung, mindestens aber einen guten Ratschlag parat. Sie kannten sich aus dem Studium und hatten manche Nacht zusammen durchgezecht. Ihn hatte er gleich nach dem letzten Treffen mit Patricia angerufen.

»Hey, Tobias! Wie geht es dir?«

»Schlecht. Ich habe noch immer keine Spur von Patricia. Sie ist wie vom Erdboden verschluckt.«

»Ich habe gerade mit ihr gesprochen.«

»Und? ... Wo ist sie?« Tobias war überrascht.

»Auf dem Weg nach Dubai ...«

Dubai?! Sie wollte also früher zurückfliegen. Er hatte nicht damit gerechnet, dass sie so schnell ein Ticket bekommen würde. Er hieb sich mit der flachen Hand gegen die Stirn und atmete erleichtert auf. Das Gespräch mit Markus plätscherte mit Belanglosigkeiten dahin. Sie verabredeten sich für einen der kommenden Abende, um es einmal wieder richtig krachen zu lassen. Aber das war eine Formulierung von Markus. Tobias wollte es momentan weder krachen lassen noch wollte er irgendwelche Mädels aufreißen.

Er war längst am Mainufer angekommen, blieb einen Moment stehen und beendete das Gespräch. Das Wasser floss unermüdlich an ihm vorbei, genauso wie die Fahrradfahrer, die in die eine oder die andere Richtung radelten, jeder seinem Ziel folgend. Nur Tobias fühlte sich ziellos.

Er bemerkte einen alten Mann auf einer Bank sitzend und setzte sich neben ihn. Eine Zeit lang saßen sie schweigend nebeneinander und starrten in die gleiche Richtung.

»Haben Sie schon einmal etwas verloren?«, fragte Tobias vorsichtig.

Der alte Mann drehte sich langsam zu ihm um und lächelte. »Zu viele Dinge, um sie zu zählen ...«

»Und haben Sie jemals etwas davon zurückbekommen?«

»Manchmal ja, manchmal nein. Aber das Leben geht immer weiter.«

Tobias starrte ihn verwirrt an.

»Sie suchen jemanden, oder?«, fuhr der alte Mann fort.

Tobias nickte.

»Wenn Dinge wirklich zu Ihnen gehören«, sagte er mit einem Lächeln, »finden sie ihren Weg zu Ihnen zurück.«

Tobias blieb eine Weile neben dem Mann sitzen. Vielleicht hatte dieser recht und Patricia kam eines Tages zurück. Im Moment konnte er sich das allerdings nicht vorstellen. Der Gedanke, dass sie auf dem Weg nach Dubai war, hatte aber etwas Beruhigendes.

Als Bohlan das Polizeipräsidium erreichte, war er mit Adrenalin vollgepumpt. Mannis Aussage hatte – wenn sie denn stimmte – eine neue Klarheit geschaffen. Ein wenig ärgerte er sich über die bisherige Ermittlungsarbeit. Hätte er von Anfang an auf sein Bauchgefühl gehört, wären sie schneller am Ziel gewesen. Doch er hatte sich von der Vorsicht leiten lassen. Manchmal war es wie verhext: Wie man einen Fall auch anging, es konnte falsch sein. Hörte man auf das Bauchgefühl, vernachlässigte man zu leicht die Fakten. Andersherum geriet man in Gefahr, dass der kriminalistische Instinkt auf der Strecke blieb.

Bohlan durchquerte den Eingangsbereich des Polizeipräsidiums und fuhr mit dem Aufzug nach oben.

Laut polternd fiel er ins Kommissariat ein. Will und die Stones saßen an ihren Schreibtischen und starrten auf die Bildschirme. Sie fuhren erschrocken zusammen, als die Tür aufflog, und sahen Bohlan mit aufgerissen Augen an. Der schloss die Tür, hängte seine Jacke an den Haken und stellte sich breitbeinig in die Mitte des Raumes.

»Alle mal herhören. Wir haben eine Aussage, die Tobias Westenberg als Täter belastet!«

Die Worte schwirrten durch den Raum, ohne dass bei den Angesprochenen irgendeine Reaktion zu erkennen war. Erst mit einiger Verzögerung huschte ein Lächeln über Julia Wills Gesicht, während die Stones Bohlan weiterhin ungläubig anblickten.

»Das ist doch wunderbar!«, stieß Will aus.

»Ist der Zeuge denn belastbar?«, wollte Steininger wissen.

»Manni, ein Obdachloser, der bei Schwester Sigrid

wohnt. Er hat die Tat beobachtet und ziemlich detailreich geschildert. Ich halte ihn für glaubwürdig«, sagte Bohlan.

»Wie bist du an den geraten?«, fragte Steininger.

»Das ist eine verrückte Geschichte. Ich hatte den Zeitungsverkäufer vorn an der Kreuzung angehauen, sich ein wenig umzuhören« antwortete Bohlan.

»Warum rückt er erst jetzt mit der Sprache raus?«, hakte Steinbrecher nach. »Wir haben uns im Obdachlosenmilieu einige Tage lang umgehört – ohne Ergebnis. Das müsste sich dort doch herumgesprochen haben.«

»Ja«, sagte Bohlan, »und das ist auch keinerlei Kritik an euch. Er hatte Angst, unter Verdacht zu geraten. Außerdem vermute ich, dass er dem Opfer ein, zwei Scheine aus dem Mund gerissen hat!«

»Und jetzt?«, fragte Will,

»Jetzt hat er sich eines Besseren besonnen und ist zu Kreuze gekrochen!« Die Sache mit der Belohnung behielt Bohlan für sich. Musste ja nicht gleich jeder wissen, dass er mit Privatgeld die Zeugen bezahlte. Er setzte sich an seinen Schreibtisch.

»Dann wird dich sicher noch eine andere Aussage interessieren«, sagte Will.

Bohlan musterte seine Kollegin und konnte ein leicht unterdrücktes Lächeln erkennen.

»Vorhin war Patricia Simon hier«, sagte Will, »und stell dir vor, sie hat ihre Alibiaussage für die Tatnacht zurückgenommen.«

»Das gibts doch nicht!«, stieß Bohlan aus. »Wieso das?«

»Ich bin gerade dabei, das Protokoll zu schreiben. Jedenfalls hat Tobias Westenberg sie um das Alibi gebeten, das sie ihm aus Liebe gegeben hat. Jetzt aber hatten sie einen handfesten Streit. Und da hat sie sich darauf besonnen, die Wahrheit zu sagen.«

»Hm, und du bist sicher, dass sie es sich nicht wieder

anders überlegt?«

»Ja, absolut.«

Bohlan hieb die Hand auf den Tisch. »Dann ist die Sache doch wohl klar. Wir haben Mannis Aussage und Westenbergs Alibi hat sich pulverisiert. Das reicht für einen Haftbefehl!«

»Und wir haben ja noch ein weiteres Ass im Ärmel«, sagte Will.

Bohlan stand auf der Leistung.

»Die Hautfetzen unter Finns Fingernägel, du erinnerst dich!«

Jetzt fiel es Bohlan wie Schuppen von den Augen. Natürlich. Die DNA-Spuren! Sie mussten nur einen Abgleich mit Westenbergs DNA machen. Womöglich hätten sie dann noch einen weiteren hieb- und stichfesten Beweis. Hoffentlich gab es bei dem Test keine negativen Überraschungen. Aber daran glaubte der Kommissar nicht. Viele Puzzleteile fügten sich plötzlich zusammen.

Die Beweise gegen Tobias Westenberg waren erdrückend: Mit Manni war ein vermutlicher Tatzeuge aufgetaucht. Westenbergs Alibi war wie ein Bierdeckelhaus in sich zusammengefallen. Während Julia Will sich an die Beantragung eines Haftbefehls machte, setzte Bohlan Klaus Gerding über den neusten Stand der Ermittlungen in Kenntnis. Der Chef der Frankfurter Mordkommission schien bester Laune. Und die verbesserte sich noch, nachdem Bohlan ihm den Stand der Ermittlungen vorgetragen hatte.

»Wunderbar! Gute Arbeit«, trötete Gerding. »Aber das war nicht anders zu erwarten!«

Bohlan fühlte sich geschmeichelt.

»Dann steht ja meine Party heute Abend unter einem sehr guten Stern!«, fügte Gerding hinzu.

Bohlan geriet ins Grübeln. Was für eine Party? Doch

dann fiel ihm ein, dass Gerding umziehen wollte und schon vor Wochen zu einer Auszugsparty geladen hatte. Bohlan hatte das vollkommen verdrängt, was er natürlich jetzt nicht zugeben konnte.

»Stimmt, deine Auszugsparty!«, beeilte er sich, zu sagen. »Wann geht es noch einmal los?«

»Ab 18:00 Uhr! Bitte komm nicht zu spät.«

»Aber was ist mit Westenbergs Verhaftung?«

»Liegt denn schon der Haftbefehl vor?«

»Julia kümmert sich gerade darum.«

»Das hat Zeit bis morgen. Der wird uns schon nicht weglaufen.

Als Bohlan am Abend Gerdings Haus betrat, war die Party schon im vollen Gange. Die meisten Sitzgelegenheiten waren besetzt, überall quasselten Gäste wild durcheinander. Bohlan hielt nach dem einen oder anderen Kollegen Ausschau, um nicht allein herumstehen zu müssen – fand aber niemanden, mit dem ihm ein Gespräch reizte. So schlenderte er durch den Flur, warf einen Blick ins voll besetzte Wohnzimmer und wurde von dem Mix aus Stimmengewirr und Musik erschlagen. In der Küche war es leerer, schnell erspähte er einen großen Topf auf dem Herd.

»Was gibts denn da?«, fragte er in den Raum hinein.

»Gulaschsuppe!«, antwortete ein großer, beleibter Mann, der einen halb gefüllten Suppenteller in der einen und einen Löffel in der anderen Hand hielt.

Prima, dachte Bohlan, dessen Magen knurrte. Er nahm sich ein Schüsselchen und füllte es mit drei Kellen Gulasch – natürlich aus der Tiefe des Topfes, damit der Fleischanteil überwog. Dazu nahm er zwei dicke Scheiben Schwarzbrot aus dem Korb.

»Tom, das bist du ja endlich!«

Er spürte eine Hand auf seiner Schulter und wandte sich

um. Vor ihm stand Klaus Gerding.

»Du hast also das Essen schon entdeckt.«

»Hallo, Klaus«, sagte Bohlan und fühlte sich ertappt. Vielleicht hätte er zuerst Gerding im Menschengewühl suchen sollen, statt sich gleich über das Essen herzumachen.

»Sorry, Klaus, ich habe dich nirgendwo gesehen und der Magen hängt mir bis zu den Füßen.«

»Kein Problem«, trötete Gerding. »Schließlich brauchst du ja auch eine ordentliche Grundlage. Komm mit, draußen ist noch genügend Platz!«

Kurz darauf betraten sie Gerdings Bar, eine Art Gartenhütte im Hof, die mit Holzbänken und einem großen Tisch gemütlich eingerichtet war. An diesem saß ein Pärchen in Bohlans Alter. Beide schauten kurz auf und musterten den Kommissar interessiert. Bohlan erinnerte sich an einige lauschige Abende, die er hier mit Gerding verbracht hatte. Von Bembeln und Gerippten fehlte allerdings heute jede Spur. Dafür standen einige mit Weinflaschen gefüllte Holzkisten herum. Überhaupt hatte er schon im Haus zahlreiche Weinflaschen gesehen, denen er aber keine große Beachtung geschenkt hatte.

Jetzt betrachtete Bohlan die Holzkisten, die sich in den Ecken stapelten.

»Also, Tom, ich brauche deine Hilfe«, sagte Gerding und deutete zu dem Tisch.

Bohlan setzte sich und begann, die Gulaschsuppe zu löffeln.

»Wie du weißt, habe ich das Anwesen hier verkauft und ziehe demnächst in eine Wohnung.« Auf Gerdings Gesicht legte sich Wehmut. »Leider kann ich nur einen Bruchteil meines Weinkellers mitnehmen. Ich habe dort nur einen kleinen Keller.«

»Und?«

»Das Zeug muss weg.«

Bohlan hob die Augenbraue. »Von wie viel sprichst du?«

»Einhundertfünfzig Flaschen!«

»Einhundertfünfzig?« Bohlan riss die Augen auf.

»Keine Sorge, da ist viel Schrott dabei. Die Flaschen lagern teilweise seit Jahrzehnten unten im Keller. Einige sind längst Essig.«

Bohlan verzog das Gesicht.

»Und die willst du uns andrehen?«

»Natürlich nicht. Wir öffnen die Flaschen, schnuppern dran oder nehmen einen kleinen Probeschluck. Was gut ist, wird getrunken, was schlecht ist, kommt in den Ausguss.«

Bohlan musterte Gerding, der ihm jetzt mit einem breiten Grinsen gegenübersaß. Das war kein Spaß, das war Gerdings voller Ernst, dachte der Kommissar. Und eigentlich war so eine Weinverkostung auch keine schlechte Idee. Das sorgte sicher für jede Menge Spaß. An die Nachwirkungen am nächsten Tag wollte Bohlan lieber nicht denken.

Der Mann am Tisch nahm einen Schluck Rotwein aus seinem Glas und nickte zustimmend. »Natürlich, mein Lieber, ich stehe dir zur Seite. Ich bin schließlich ein Kenner auf diesem Gebiet.«

Bohlan lachte amüsiert.

»Das sind übrigens Amelie und Stephan!«, stellte Gerding das Pärchen vor. Amelie wirkte klein und zierlich und hatte einen gräulich-schwarzen Pagenschnitt. Stephan war groß gewachsen und hager. Er trug eine schwarze Hornbrille zur Vollglatze.

»Stephan ist ein ausgesprochener Weinkenner!«

»Hallo!«, sagte Bohlan mit einem Lächeln. »Freut mich!«

»Von Tom Bohlan habe ich euch ja schon öfter erzählt. Er ist einer meiner besten Kommissare.«

»Heute Abend aber einfach nur Tom«, entgegnete Bohlan, der Lobhudelei hasste wie die Pest.

Die Gläser von Amelie und Stephan waren bereits leer. Amelie erhob sich, um aus der Küche etwas Käse zu holen. Stephan ließ seinen Blick über die Flaschen gleiten, die auf dem Tisch aufgereiht waren.

»Was für Rebensaft haben wir denn noch im Angebot? Was ist in dem Dekanter?«, fragte er, nachdem er die Etiketten der Flaschen studiert hatte.

»Oh, das ist ein Bordeaux von 2015. Warte mal, irgendwo habe ich noch eine geschlossene Flasche«, sagte Gerding und sah sich suchend um.

»Lass gut sein, den probieren wir mal.« Stephan hatte bereits den Dekanter gegriffen und schenkte drei Weingläser aus. Sein eigenes ließ er dann zum Kennerblick in der Hand kreisen, bevor er daran wie ein Dealer schnüffelte.

»Mhmm, hat eine starke Brombeernote. Ich glaube, mit dem machen wir nichts falsch.«

Kurz darauf klirrten die Gläser gegeneinander. Der Bordeaux schmeckte in der Tat vorzüglich.

»Und Sie sind vom Fach?«, fragte Bohlan.

»Nein, das nicht. Ich habe in Frankreich studiert und dort auch meine Frau kennengelernt. Wir hatten schon damals eine Vorliebe für Bordeaux.«

»Was machen Sie denn beruflich?«

Stephan grinste. »Momentan bin ich in der Tamponbranche.«

»Im Ernst?«

»Ja, hat sich so ergeben. Aber mein Traum ist eine eigene Weinhandlung. Irgendwann verwirkliche ich den. Ich habe schon einige Kurse als Sommelier belegt.«

Bohlan nickte anerkennend.

»Was mich interessieren würde«, schaltete sich Gerding

in das Gespräch ein, »sind die Weine wirklich so unterschiedlich in der Qualität? Schmeckt ein Wein für über tausend Euro wirklich so viel besser als einer vom Discounter?«

Stephan füllte erneut die Gläser, bevor er antwortete. »Es gibt große Unterschiede. Sehr große. Aber die rechtfertigen nicht Preise von mehr als tausend Euro. Ich würde nie mehr als hundert Euro für eine Flasche ausgeben. Alles darüber ist nur gehypter Wein, Mode oder Spekulation. Eine Flasche für über tausend Euro taugt allenfalls als Statussymbol.«

Die drei Männer testeten sich durch die nächsten Flaschen und probierten jeden einzelnen Wein. Manche waren noch vorzüglich im Geschmack, andere hingegen hatten ihren Zenit längst überschritten.

»Wie findest du diesen hier?«, fragte Bohlan halb lallend und goss Gerding ein Glas Weißwein ein.

Der Chef der Mordkommission schnupperte mit wichtiger Miene daran und nippte vorsichtig. »Mhmm ... interessante Note von Zitrusfrüchten, aber insgesamt etwas flach im Abgang.«

Bohlan musste lachen. »Du hast echt keine Ahnung von Wein, oder? Das ist Apfelsaft!«

Die drei brachen in Gelächter aus und machten sich weiter daran, die guten von den schlechten Weinen zu trennen. Stephan hatte nebenbei einige lustige Anekdoten parat.

Bohlan unternahm mehrere vergebliche Versuche, das Gespräch auf andere Themen zu lenken, doch Stephan kehrte immer wieder zu den Weinanekdoten zurück, was dem Kommissar mit fortschreitender Stunde zunehmend gleichgültiger wurde, da er sowieso nur noch Bruchteile davon erfassen konnte.

Am Ende der Party – es war spät in der Nacht und die

anderen Gäste waren längst gegangen – standen nur noch 350 Flaschen bereit zum Umzug. Ein wahrhaft königlicher Schatz an erlesenen Weinen für Gerdings neue Wohnung.

14.

Im Fecher war es stockdunkel, als Julian Steinbrecher mit der Polizeistaffel einrückte. Leichter Nebel drückte in die Baumwipfel. Die Luft war frisch, hier und da zeugte Vogelgezwitscher von dem beginnenden Tag. Würde jemand einen spannenden Film drehen wollen, die Kulisse könnte kaum besser sein.

Sie waren mit einer stattlichen Anzahl an Mannschaftswagen gekommen, trugen Helme und Sicherheitsuniformen. Sie huschten aus den Transportfahrzeugen und rückten schnurstracks Richtung Wald vor. Außer der Polizei war keine Menschenseele unterwegs. Nicht einmal ein Gassigänger kam ihnen in die Quere. Unterstützung hatten sie von einem SEK, das angefordert worden war, um die Aktivisten aus den Baumhäusern zu holen.

Hinter ihnen setzten sich Bagger und schweres Gerät in Bewegung. Beklommenheit breitete sich in Steinbrechers Magengrube aus. Er kam sich vor wie ein Verräter. Noch vor wenigen Tagen war er in Zivil Teilnehmer einer Demo gewesen. In erster Linie, um Mellis Konzert zu lauschen. Aber tief in seinem Inneren verstand er die Argumente der Aktivisten.

Genauso wie er damals gehofft hatte, nicht als Polizist erkannt zu werden, suchte er heute Tarnung in der Einsatzmontur. Mental stand er zwischen den Fronten.

Es war schwer gewesen, Melli nichts von diesem Einsatz zu erzählen, der als geheime Verschlusssache geplant worden war. Seine Teilnahme würde er ihr später beichten müssen. Ärger war vorprogrammiert. Aber die Gedanken daran verdrängte Julian jetzt.

Alles lief wie am Schnürchen. Bislang gab es weder

neue Barrikaden noch Widerstände. Die Aktivisten schienen zu schlafen und Wachen hatten sie offenbar keine aufgestellt. Ein strategischer Fehler. Es war ein Betretungsverbot für den Fecher verhängt worden. Die Einsatzleitung ging davon aus, dass nur der harte Kern der Aktivisten in den Baumhäusern campierte. Gestern hatte das Verwaltungsgericht freie Bahn erteilt. Juristisch stand der gewaltsamen Räumung nichts mehr im Wege. Der streng geschützte große Heldbockkäfer, der im vergangenen Jahr in dem ehemaligen Auenwald entdeckt worden war, hatte nur für ein paar Tage Aufschub gesorgt. Alle Eilanträge waren vom Verwaltungsgericht zurückgewiesen worden. Zuletzt war einer der Baumbesetzer gescheitert, der auf Zugang zu seinem Baumhaus geklagt hatte.

Über das genaue Datum der bevorstehenden Räumung hatten sich Polizei und Politik ausgeschwiegen. Man wollte das Überraschungsmoment ausnutzen, die Besetzer überrumpeln. Auf jeden Fall sollte verhindert werden, dass zusätzliche Sperren oder Hindernisse errichtet wurden.

Der Plan schien zu funktionieren. Die Waldarbeiter räumten die ersten Barrikaden aus der Zufahrt zum Fechenheimer Wald. Jetzt schreckten die SEK-Beamten und das Höheninterventionsteam die Baumhausbewohner aus dem Schlaf. Einige starrten verschlafen und verdattert aus den Fenstern. Die Überraschung stand ihnen ins Gesicht geschrieben. Die Einsatzleitung forderte per Megafon dazu auf, den Wald freiwillig zu räumen:

»Geben Sie auf! Räumen Sie das Gelände! Sonst müssen wir Gewalt anwenden!« Die Megafonstimme schepperte laut und unnachgiebig.

Steinbrecher versuchte, sich möglichst im Hintergrund zu halten.

Keiner der Aktivisten machte Anstalten, freiwillig herabzusteigen. Die ersten SEK-Leute erklommen die Baumhäuser, die miteinander und mit Hochsitzen durch ein Wirrwarr aus Drahtseilen und anderen Befestigungen verknüpft waren, was die Räumung erschwerte. Dieser Umstand war in den Vorbereitungstreffen lange und ausgiebig diskutiert worden. Beim Durchtrennen der Seile musste höchste Vorsicht walten, weil Lebensgefahr für alle Beteiligten bestand.

Die ersten Baumhäuser fielen im Laufe des Vormittags. Einzelne Bewohner wurden abgeseilt und aus dem Wald getragen, während andere in die Baumwipfel kletterten, um die Räumung zu verzögern.

Im Laufe des Tages fanden sich einige Frankfurter an der Zufahrt zum Fecher ein, um den Besetzern mit einer kleinen Demonstration den Rücken zu stärken. Sie hielten Transparente in die Luft, die Steinbrecher schon vom Konzert kannte: »Der Fecher bleibt!« und »Wald statt Asphalt!«.

Julian beobachtete dies genau. Die Erfolglosigkeit dieses Unterfangens war ihm allerdings sofort klar. Am Ende würden alle aus dem Wald getragen und die Bäume gefällt werden. Die Schlacht war längst gewonnen oder verloren, je nachdem, auf welcher Seite man stand.

Der Haftbefehl für Tobias Westenberg lag vor. Um möglichst wenig Zeit zu vergeuden, schickte Bohlan Steinbrecher zu Westenbergs Büro. Er selbst fuhr mit Steininger zur Wohnung des Börsengurus.

Nachdem dort niemand aufmachte, ließ Bohlan die Tür gewaltsam öffnen. Kurze Zeit später standen die Kommissare in der luxuriösen Penthouse-Wohnung mit perfektem Blick auf den Main. Doch das Nest war verlassen, Tobias Westenberg offenbar ausgeflogen.

Bohlan wählte – nichts Gutes ahnend – Steinbrechers Nummer.

»Hier ist er nicht«, raunte er ins Handy.

»Hier auch nicht«, blaffte Steinbrecher zurück, »nur zwei Mitarbeiter. Aber die können oder wollen nicht sagen, wo er sich aufhält. Und nun?« Steinbrechers Stimme klang ratlos.

»Keine Ahnung. Wir haben nur wenig Zeit. Ich rufe Julia an. Die sitzt sowieso im Präsidium auf heißen Kohlen.«

Bohlan drückte Steinbrecher weg und wählte Wills Nummer. Es dauerte kein zweites Klingeln, da war sie an der Strippe. Bohlan schilderte knapp, was Sachstand war.

»Shit«, entfuhr es Will. »Dann waren wir zu spät. Möglicherweise hat er den Braten gerochen und sich aus dem Staub gemacht.«

»So weit waren wir auch schon.«

Für einen Moment war Stille in der Leitung. Bohlan ärgerte sich, nicht bereits am Vorabend tätig geworden zu sein. Statt auf Gerdings Party Weine aus aller Welt zu testen, hätte er besser Westenberg dingfest machen sollen. Dann hatte Will eine Idee. »Patricia wollte nach Dubai. Vielleicht hat Westenberg davon Wind bekommen und will ihr hinterher.«

»Gut möglich«, sagte Bohlan, obwohl er von Wills These nicht zu hundert Prozent überzeugt war.

»Patricia hat mit ihm Schluss gemacht. Vielleicht will er sie umstimmen«, setzte Will nach, die Bohlans Zweifel aus dem Klang seiner Stimme herausgehört hatte.

»Okay. Schau doch mal nach, wann der nächste Flieger nach Dubai geht.«

»Ja, mache ich. Kleinen Moment.«

Bohlan hörte ein leichtes Klacken in der Leitung. Vermutlich hatte Will ihr Handy zur Seite gelegt. Steininger, der das Gespräch aufmerksam verfolgt hatte, war dabei,

Westenbergs Schreibtisch zu durchkämmen. Bislang hatte er dabei aber nichts Interessantes gefunden.

Bohlan stand am großen Fenster und beobachtete die Schiffe, die in aller Seelenruhe den Main entlangschipperten.

»Der nächste Flug geht in zwei Stunden, ihr solltet euch also beeilen!«, kam plötzlich Wills Stimme aus dem Handy.

»Okay – und danke!« Bohlan wollte das Gespräch wegdrücken, schob dann aber hinterher: »Kannst du Steinbrecher Bescheid geben?«

»Klar, wird erledigt. Soll ich auch zum Flughafen?«

»Julia, du weißt, dass Außendienst für dich tabu ist.«

»Natürlich!«, räumte Will kleinlaut ein. Und Bohlan hörte die Enttäuschung in ihrer Stimme.

»Ich dachte halt ...!«

»Es gibt keine Ausnahme.«

Bohlan klickte das Gespräch weg.

»Los, Jan! Wenn wir schnell sind, können wir Westenberg am Flughafen abfangen.«

Beide stürmten aus der Wohnung direkt ins Auto.

Auf dem Weg zum Flughafen herrschte gespannte Stille im Wagen. Bohlan und Steininger wussten genau, dass dies ihre letzte Chance war, Westenberg hinter Gitter zu bringen. Wenn er erst im Ausland war, wäre es schwer, ihn dingfest zu machen.

Bohlan raste mit Blaulicht in die Einfahrt des Flughafenterminals und parkte direkt vor dem Eingang. Die beiden Kommissare stürmten ins Gebäude und rannten in Richtung Abflughalle. An der Sicherheitskontrolle zückten sie nur kurz die Dienstmarken und hechteten weiter an den Geschäften im Duty-free-Bereich vorbei. Plötzlich bremste Steininger abrupt ab. Bohlan hatte Mühe, stehen zu bleiben, ohne seinen Kollegen umzurennen.

»Das ist er!«, raunte Steininger ihm über die Schulter zu.

Tatsächlich stand Westenberg an der Kasse einer Bäckerei. Er hielt einen Kaffeebecher in der Hand und war im Begriff zu zahlen.

In diesem Moment drehte sich Westenberg um, erkannte seine Verfolger und rannte sofort los. Der Kaffeebecher flog im hohen Bogen davon und landete direkt auf dem Mantel einer älteren Frau, die erschrocken aufschrie.

Bohlan zögerte nicht lange. »Auf gehts, wir müssen ihn am Gate erwischen!«

Die beiden sprinteten los, vorbei an Passagieren, Koffern und Transportwagen.

Das Ziel war schon in Sichtweite – aber immer mehr Menschen drängten sich im Gang vor dem Abfluggate.

»Durchlassen!«, rief Bohlan energisch und stieß einige Reisende zur Seite.

Westenberg durchquerte mittlerweile das Drehkreuz. Da tauchte Steininger hinter ihm auf, sprang über die Absperrung und riss Westenberg zu Boden.

Der Börsenguru wehrte sich gegen Steiningers Klammergriff und protestierte wild fluchend.

»Was ist das für ein Mist? Ich bin unschuldig!«, brüllte er.

Bohlan trat auf die Raufenden zu.

»Das sehen wir anders!«, zischte Bohlan, komplett außer Atem.

»Ihr habt keine Beweise«, entgegnete Westenberg zornig.

»Ich verlange nach einem Anwalt!«

»Wir haben Beweise«, gab Bohlan triumphierend zurück.

Westenberg starrte den Kommissar ungläubig an.

»Sie bluffen doch nur!«

»Ganz im Gegenteil«, entgegnete Bohlan. »Wir haben

einen Zeugen, der die Tat beobachtet hat.«

»Das ist ein Bluff!«, keuchte Westenberg erneut. »Ich habe ein Alibi!«

»Das wie eine Seifenblase zerplatzt ist. Patricia hat es längst widerrufen!«

Westenbergs Gesicht wurde aschfahl. »Ich schwöre, ich habe nichts damit zu tun! Ich will meinen Anwalt kontaktieren!«

Bohlan hatte genug von dem Gezeter. Überhaupt verspürte er keine Lust, mit Westenberg vor den versammelten Passagieren weiter zu diskutierten, die staunend und sensationshaschend um sie herumstanden. Einige hielten ihre Handys vorm Gesicht und filmten eifrig.

»Ich verhafte Sie wegen Mordes an Finn Bauernfeind!«, verkündete er. »Machen Sie keine Dummheiten. Ihre Flucht ist gescheitert.«

Die beiden Kommissare führten Westenberg ab – begleitet vom Applaus der Umstehenden, die die filmreife Aktion bejubelten.

»Das wäre beinahe schiefgegangen«, sagte Bohlan.

»Ja, das stimmt«, pflichtete Steininger ihm bei. »Aber ich muss sagen: Das Adrenalin hat mich noch nie so schnell laufen lassen!«

Melli stieß wütend die Wohnzimmertür auf, stand plötzlich mitten im Raum und stemmte die Hände in die Hüften. Julian, der zuvor gemütlich auf dem Sofa gelegen und vor sich hin gedöst hatte, schreckte auf.

»Ist was passiert?«, fragte er so scheinheilig wie möglich, obwohl er eine böse Vorahnung hatte.

»Ich will wissen, was das soll!«, fragte Melli resolut und verschränkte die Arme vor ihrem Körper.

Julian spielte weiter den Ahnungslosen. »Wovon redest du? Habe ich was Falsches eingekauft oder den Müll nicht runtergebracht?«

Mellis Mund verzog sich zu einem Lächeln der Überlegenheit. »Halt mich nicht für blöd! Du warst bei der Räumung im Fecher dabei!«

Julians Gesichtsausdruck veränderte sich nicht. »Ich weiß nicht, wovon du sprichst.«

Wie erwartet spielte er es herunter, dachte Melli. Sie schob hinterher: »Auch wenn die Einsatzmontur sehr gut ist – ich kenne deinen Körperbau ganz genau!«

Diese Worte hatten die gewünschte Wirkung: Julians Selbstsicherheit schwand zusehends dahin und sein Blick wurde unsicherer. Gleichzeitig lief vor seinem inneren Auge der Film des Einsatzmorgens ab. Er sah sich in Polizeimontur im Fecher stehen, während die Sondereinsatzkräfte das Lager räumten, scannte er das Geschehen ab. Er erinnerte sich an seine Angst, entdeckt zu werden. Deshalb hatte er versucht, nie in erster Reihe zu stehen. War Melli vor Ort gewesen? Er hatte sie zumindest nicht bemerkt.

Ein Schweigen lag zwischen ihnen.

»Warst du etwa auch vor Ort?«, fragte Julian vorsichtig.

»Nein, aber danke, dass du dich verplappert hast!«

»Aber wie hast du mich dann sehen können?«

»Einer meiner Freunde hat die Räumung gefilmt! Du bist mir gleich aufgefallen. Soll ich dir das Video zeigen?«

»Okay, ja ... Ich war da!«, stieß Julian aus. »Melli, es gab eine Dienstanweisung für diese Räumung! Was hätte ich machen sollen. Außerdem hatte ich dir das vorher auch schon gesagt!«

Melli nickte, aber ihre Augenbrauen waren zusammengezogen. »Ich hätte erwartet, dass du es mir direkt vorher noch einmal sagst!«

»Es tut mir leid«, sagte Julian kleinlaut. »Aber du musst das verstehen. Das Risiko wäre doch viel zu groß gewesen, dass du es den Aktivisten steckst.«

»Hast du so wenig Vertrauen?«

»Ach, komm, Melli. Du hättest sie gewarnt, oder?«

»Vermutlich schon«, gestand sie nach einiger Zeit.

»Siehst du! Ich kann doch nicht meinen Job aufs Spiel setzen. Ich habe einen Eid geschworen. Melli, das musst du doch verstehen!«

Mellis Wut schien zu weichen. Jedenfalls gab sie ihre Protestposition auf und setzte sich auf den freien Sessel.

Eine ganze Weile lag eine Stille im Raum, die einerseits etwas Beklemmendes hatte, andererseits aber auch Züge der Ruhe nach einem Gewitter in sich trug.

»Frieden?«, fragte Julian schließlich vorsichtig.

»Okay, Frieden!«, bestätigte Melli.

Kurz nach halb sechs am Abend näherten sich Tamara und Bohlan dem Eingang der »Receptur« in Kronberg. Der Kommissar hatte seiner Freundin zum Geburtstag einen historischen Nachtwächterrundgang durch das Tanusstädtchen geschenkt. Er war heilfroh, dass der Fall gelöst war, und er so den Abend genießen konnte. Westenberg saß erst einmal hinter Schloss und Riegel. Die nächsten Tage würden sicher für weitere Verhöre und Abschlussberichte draufgehen. Bohlan musste sich eine ausgefeilte Taktik überlegen und war gespannt darauf, welchen Anwalt der Börsenguru ausgraben würde. Und dann war da auch noch das Gespräch mit Gerding und die Frage, ob Bohlan den Posten als Chef der Mordkommission antreten wollte. Gerdings Pensionierungstag rückte mit unaufhaltsamer Geschwindigkeit näher. Bohlan hatte ihm schon vor Monaten das Versprechen gegeben, das Amt zu übernehmen. Doch tief in seinem Inneren zweifelte er. Die Verantwortung war eine ganz andere als die eines Ermittlers. Und die Aussicht auf noch mehr Schreibtischarbeit erschien ihm wie ein Damoklesschwert, das über ihm schwebte. Die Frage war nur, wie er aus der Nummer wieder herauskam, ohne das Gesicht zu verlieren. Gerding wäre sicher alles andere als erfreut. Dieser vertraute ihm mehr oder weniger blind. Und enttäuschen wollte er ihn nicht. Vielleicht bot Julias Schwangerschaft einen Ansatzpunkt ...

»Wir scheinen die Ersten zu sein!«, sagte Tamara und riss Bohlan damit aus seinen Gedanken.

Eine Frau im mittleren Alter wedelte fröhlich mit einem Stapel Eintrittskarten vor seiner Nase herum. Bohlan bezahlte die beiden reservierten Karten und wurde sofort in ein Gespräch verwickelt. Die Frau babbelte, was das Zeug hielt und obendrein auf Hessisch. Dass sie die Ersten seien, aber bestimmt noch viele kommen würden. Dass die Schauspieler schon bereitstünden, es Ebbelwei und Handkäs geben würde und allerlei mehr.

Bohlan mochte Gespräche auf der Gasse und er liebte die Mundart. Aber das hier war selbst ihm zu viel. Sie konnten unmöglich eine halbe Stunde hier herumstehen und sich diese Geschichten anhören.

»Komm, lass uns noch einen Kaffee trinken gehen«, raunte er Tamara zu. »Wir haben ja noch etwas Zeit!«

Die beiden entschuldigten sich und marschierten die Straße hoch in Richtung Altstadt. In einer Bäckerei erstanden sie zwei Kaffee to go, schlenderten weiter und warfen hier und dort einen Blick in die Schaufenster.

Als sie zurück zur »Receptur« kamen, tummelten sich fünfzehn Personen im Innenhof, die meisten in dicke Jacken gehüllt, schließlich wurde es nachts immer noch einmal richtig kalt.

Bohlan ließ seinen Blick über die Runde schweifen und hatte Mühe, ein Lachen zu unterdrücken.

»Was ist los?«, wollte Tamara wissen.

»Heute ist Tag der lustigen Mützen«, antwortete

Bohlan.

Auch Tamara musste nun lachen. In der Tat war bestimmt ein Drittel der Anwesenden mit merkwürdigen Kopfbedeckungen erschienen. Es gab Bembel-Mützen, Strickmützen mit und ohne Bommeln, Mützen, die aussahen wie ein Topf und solche in den auffallendsten Farben: leuchtend gelb und knallorange. Tamara hakte sich bei Bohlan unter und dann stand plötzlich eine Nachtwächterin im historischen Gewand in der Mitte der Wartenden. »Hört, ihr Leut', die Glock am Turm ist elf. Nicht lang, so wird es wieder tagen, drum auf, und geht zu Bett!«

Es folgten weitere Erklärungen zur Schlafenszeit – und dann stockte die Nachtwächterin, setzte erneut an und fand dennoch den Text nicht wieder. Sie entschuldigte sich tausendfach. Mit hochrotem Kopf erklärte sie den weiteren Ablauf des Abends. Man werde die einzelnen Straßenlaternen bis hinauf zum Schloss ablaufen und solle dabei vor allem die Scherenschnitte auf den Glasscheiben betrachten, die historische Szenen der Stadtgeschichte schilderten. Und schon setzte sich der Zug in Bewegung. Die Dämmerung brach ein und der Weg führte über Kopfsteinpflaster hinauf zum Schirnplatz. Dort gab es für jeden eine Tasse heißen Ebbelwei. Fünf Statisten stellten verschiedene historische Szenen nach und die Nachtwächterin erzählte ein paar Anekdoten. Bohlan lauschte den Erzählungen gern, sorgten sie doch dafür, dass er auf andere Gedanken kam. Der tote Finn, die Betrügereien des Tobias Westenberg – all das war plötzlich meilenweit entfernt. Sie zogen weiter, hörten vom Streit zwischen Katholiken und Protestanten vor der Streitkirche und von der Schlacht gegen das übermächtige Frankfurt, die die Kronberger Ritter entgegen allen Prophezeiungen glorreich gewonnen hatten, die Festnahme aller Frankfurter Handwerker inklusive. Ein wahres Husarenstück. Die freie Reichsstadt musste damals tief in die Tasche greifen, um sich freizukaufen.

Irgendwann waren sie am alten Feuerwehrhaus angekommen, vor dem ein kleines Feuer brannte. Schon gab es lautes Geschrei und die Statisten tauchten wieder auf, diesmal mit Wassereimern bewaffnet. Alle mussten mithelfen, das Feuer zu löschen, was letztendlich gelang. Sie stiegen weiter durch einen Feuerwinkel hinauf zur Burg. Die Nachtwächterin schwärmte von der Kaiserwitwe Viktoria, die nach dem Tod Friedrich III. bitterenttäuscht und frustriert Berlin verlassen hatte. Ab 1894 lebte sie dauerhaft an ihrem Kronberger Ruhesitz, der heute als Schlosshotel diente.

Nach dem Rundgang tapsten Tamara und Bohlan über holpriges Kopfsteinpflaster durch die dunklen Straßen. Über ihnen wölbte sich ein sternenklarer Himmel. Der Abend kam Bohlan viel zu schön vor, um schon ins Bett zu gehen. Da hatte er eine Idee. Er lenkte Tamara in Richtung Friedrich-Ebert-Straße und überredete sie zu einem Einkehrschwung in den Adler. Das Restaurant hatte viele Jahre geschlossen vor sich hin gedümpelt, bis sich eine Investorengruppe um einen Eintrachtspieler seiner angenommen hatte. Der Fußballstar sollte dort sogar – glaubte man der Werbung – des Öfteren nach dem Rechten sehen. Leider nicht an diesem Abend, dafür fand Bohlan einen ordentlichen Kaiserschmarrn auf der Speisekarte.

Die Bedienung brachte den Teller. Die Portion war üppig und reichte locker für zwei. Der Schmarrn schmeckte fluffig und war perfekt karamellisiert. Zum Abschluss tranken Bohlan und Tamara Marillenschnaps und kehrten spät in der Nacht aufs Hausboot zurück, wo sie müde ins Bett fielen und schnell einschliefen.

15.

Kommissar Bohlan betrat wortlos den Vernehmungsraum. Erst als er sich an den großen Tisch gesetzt und Tobias Westenberg zugenickt hatte, knurrte er diesem ein »Guten Morgen!« zu.

Der einst strahlende Aktienguru saß mit gesenktem Blick da, die Hände auf dem Tisch gefaltet. Neben ihm überwachte sein Anwalt Dr. Kunz, ein gestandener Strafverteidiger jenseits der sechzig, das Geschehen. Seine Mandatierung kostete Westenberg mit Sicherheit eine Stange Geld. Bohlan wusste, dass Dr. Kunz nur noch ausgewählte Mandate annahm, aber mit allen Wassern gewaschen war.

Im Grunde war der Fall klar. Es gab einen Zeugen. Sicher hatte Manni nicht den besten Leumund. Aber warum sollte er sich diese Story ausgedacht haben? Westenberg hatte für den Tatzeitpunkt kein Alibi mehr. Was aber entscheidender war: Westenbergs Fingerabdrücke waren auf der Tatwaffe verewigt. Das hatte die Spurensicherung mittlerweile zweifelsfrei ergeben.

Mit Sicherheit würde Dr. Kunz mit irgendwelchen Spitzfindigkeiten aufwarten.

Bohlan wappnete sich innerlich für ein schwieriges Gespräch, bevor er mit der Vernehmung begann. »Herr Westenberg, wir müssen über Finn Bauernfeinds Tod sprechen.«

Westenbergs Augen wanderten zu ihm hoch und er schluckte schwer. »Ja, ich weiß.«

»Mein Mandant ist geständig«, warf Dr. Kunz schnell ein. Nach einer kleinen Pause fügte er mit bedächtiger Miene hinzu: »Vollumfänglich!«

Bohlan hob die Augenbrauen. Damit hatte er nicht gerechnet. Er war davon ausgegangen, eine anstrengende Vernehmung vor sich zu haben. Dr. Kunz war für seine ausgeklügelten Taktiken bekannt. Diesmal allerdings schien er sich für eine andere Variante entschieden zu haben. Vermutlich war auch ihm die Beweislast zu erdrückend.

»Aber Sie müssen verstehen: Er hat mich erpresst!« Westenbergs Stimme klang leise und brüchig.

»Erpresst?«, wiederholte Bohlan mit gespielter Überraschung.

Westenberg bestätigte eifrig. »Ja! Er wusste ganz genau, was ich gemacht habe!«

»Was haben Sie denn gemacht?!«, fragte Bohlan. Er wollte die Hintergründe von Westenberg persönlich hören.

»Angefangen hat es mit dieser Kryptowährung: Absolutmegacoin.«

Bohlan nickte. »Ja, ich habe davon gehört!«

»Ich habe bei der Promotion und Präsentation geholfen. Frau Mandic hatte mich damals engagiert. Normalerweise mache ich so etwas gar nicht, aber sie war so hartnäckig, dass ich mich darauf eingelassen habe. Ich bin ja für meine Shows bekannt. Da war meine Expertise gefragt.«

»Und wussten Sie davon, dass es Absolutmegacoin überhaupt nicht gibt?«

»Anfangs war ich gutgläubig.«

»Und später?«

»Hatte ich einen Verdacht. Die ganze Sache war zu monströs. Ich habe Frau Mandic darauf angesprochen, aber sie hat sich herausgeredet und alle möglichen Geschichten erzählt. Jedenfalls hat sie mein Honorar verdoppelt und deshalb habe ich geschwiegen und den Auftrag zu Ende gebracht. Das war mein Fehler.«

»Ich möchte hier einwerfen«, schob Dr. Kunz nach, »dass mein Mandant sich hiermit nicht strafbar gemacht hat. Er hat weder die Kryptowährung beworben, noch war er an dem Betrug beteiligt. Sie war auch nie in seinem Musterdepot.«

»Aber er hat sich gut für die Beratung bezahlen lassen!«

»Das ist nicht strafbar.«

In Bohlans Kopf schwirrten einige Paragrafen des Strafgesetzbuches durcheinander. Aber letztlich konnte ihm das egal sein. Seine Aufgabe war es, einen Mord aufklären, über die strafrechtliche Bewertung der anderen Dinge mussten sich die Staatsanwälte und Richter das Hirn zermartern.

»Gut, kommen wir zurück zu Finn Bauernfeind«, sagte Bohlan.

»Ich weiß nicht, wie er von der Absolutmegacoin-Sache erfahren hat. Jedenfalls wusste er es. Und ich wollte natürlich auf keinen Fall, dass das an die Öffentlichkeit kommt. So etwas färbt ab, das bleibt kleben und beschädigt meinen Ruf.«

»Tja, das hätten Sie sich vielleicht vorher überlegen sollen«, entfuhr es Bohlan.

»Ja. Hinterher ist man meistens schlauer.«

Bohlan wechselte das Thema. »Und dann war da noch die Sache mit den Schrottaktien in Ihrem aktuellen Depot ...«

»Ja, das war auch Mist, das gebe ich zu!«

»Warum haben Sie Bauernfeind erstochen?«

»Ich ... ich wollte es eigentlich gar nicht tun.« Die Worte kamen stockend aus Westenbergs Mund, gleichzeitig rann eine Träne über seine Wange. Eine meisterhafte Inszenierung, dachte Bohlan und überlegte, ob Westenberg die Szene mit Dr. Kunz geprobt hatte. Wenn nicht, hatte der Börsenguru schauspielerisches Talent. Der Kommissar musste an die Liveshows denken. Auch dort war Westenbergs Schauspieltalent gefragt.

»Aber?«, hakte Bohlan nach.

Auch jetzt benötigte Tobias Westenberg mehrere Augenblicke, bevor er antwortete. »Er wollte sehr viel Geld. So viel konnte ich auf die Schnelle nicht locker machen. Ich habe versucht, ihm das klarzumachen, bat um ein paar Wochen Zeit. Aber Finn war dermaßen hartnäckig. Dann kam es zum Streit ... Ich hatte Angst davor, dass er die Polizei rufen würde oder so etwas in der Art.«

Bohlan sagte bedächtig. »Wenn Sie aber nicht die Absicht hatten, ihn zu erstechen ...« – Bohlan ließ seinen Blick zwischen Westenberg und Dr. Kunz hin und her wandern – »... dann frage ich mich, wo Sie so plötzlich das Messer herhatten.«

»Es war nicht mein Messer!«, stieß Westenberg aus.

»Sondern?«

»Finn hatte es plötzlich in der Hand. Er hat damit herumgefuchtelt. Ich habe es ihm entrissen ...«

Bohlan blickte skeptisch. Das war also Dr. Kunz' Strategie. Er wollte auf Notwehr hinaus. Jetzt kam es darauf an, was Manni gesehen hatte und wie belastbar er als Zeuge war.

Nach Westenbergs Vernehmung ließ sich Bohlan im Kommissariat auf seinen Stuhl fallen, schloss die Augen und ließ vor seinem geistigen Auge einen Film ablaufen.

Er sah Finn Bauernfeind am Fuße des Eisernen Stegs stehen. In mühevoller Kleinarbeit hatte er Informationen gesammelt, die Westenberg ruinieren konnten. Und diese Arbeit sollte sich auszahlen. In mehreren Erpressermails hatte er seine Forderungen immer wieder erfolgreich in die Höhe geschraubt.

Finn zögerte einen Augenblick lang, bevor er die Stufen nach oben schritt. Kurz darauf standen sie sich gegenüber.

»Du bist spät!«, sagte Finn.

»Ich wurde aufgehalten!«, antwortete Westenberg.

»Zeig mir die Transaktion«, zischte Finn, während seine Hand einen Stick umklammerte. Auf diesem war die Gegenleistung für den geplanten Bitcointransfer gespeichert.

Westenberg kramte ein Tablet aus seiner Umhängetasche hervor und schaltetet es ein. In Finns Wahrnehmung dauerte es viel zu lange, bis er den Bildschirm zu ihm drehte.

Finn sah auf das Display, das die Daten eines Bitcointransfers anzeigte.

»Da ist zu wenig«, blaffte er.

»Das ist genau die Summe, die du haben wolltest!«

Finn lachte verächtlich auf: »Der Kurs ist seit letzter Woche gefallen. Du musst eine Null anhängen!«

»Kurse schwanken – das ist normal.«

»Ist mir aber egal! Du spielst ja auch mit gezinkten Karten. Ich will mehr!«

Westenberg schien zu überlegen, ob er nachgeben sollte.

Finn versuchte, die Gedanken seines Gegenübers zu erraten.

»Wie kann ich sicher sein, dass dann Schluss ist?«, fragte Westenberg.

»Du wirst dir nie wieder sicher sein können! Es sei denn, du vertraust mir!«, blaffte Finn. »Los mach jetzt!«

Westenberg zögerte, bevor er mit krächzender Stimme sagte: »Zeig mir den Stick!«

Finn hielt seine Hand nach oben und präsentierte kurz den Stick.

»Gib ihn mir! Damit ich ihn überprüfen kann«, forderte Westenberg.

»Erst wenn du den Transfer abgeschlossen hast.« Finns Hand verschwand wieder in der Jackentasche. Sie tauschte den Stick gegen ein Küchenmesser, das er vorsichtshalber eingepackt hatte. Jetzt blinkte die Messerklinge bedrohlich vor Westenbergs Gesicht.

»Okay, okay!«, zischte dieser und tippte hektisch auf dem Tablet herum.

Finn wähnte sich auf der Siegerstraße. Das Messer schien Wirkung zu zeigen und Westenberg war drauf und dran, seine Bitcoinüberweisung zu erhöhen.

Er streckte ihm das Tablet entgegen. Finn griff danach. Doch seine Hand zitterte vor Nervosität. Das Adrenalin pumpte durch seine Adern. Hektisch fuchtelte er mit dem Messer herum.

»Du spielst ein gefährliches Spiel!«, knurrte Westenberg. »Früher oder später wirst du das bereuen!«

»Das werden wir sehen«, stieß Finn trotzig aus. Dabei spielte ein verächtliches Lächeln um seine Lippen.

Die beiden Männer starrten sich eine Weile wortlos an, in ihren Blicken eine Mischung aus Misstrauen und Entschlossenheit. Die Spannung zwischen ihnen war fast mit den Händen zu greifen.

Plötzlich nutzte Westenberg einen kurzen Moment der Unaufmerksamkeit seines Erpressers. Seine Hand fuhr pfeilschnell nach vorne, umfasste Finns Handgelenk und drehte es herum. Das Messer fiel zu Boden und schlug klirrend auf dem Pflaster auf.

»Wie ungeschickt von dir«, spottete Westenberg sarkastisch und grinste selbstgefällig. Dabei stellte er seinen Fuß auf die Messerklinge. »Und jetzt gibst du mir den Stick!«

Finn erholte sich schnell von der Wut auf seine eigene Unachtsamkeit. Sein Kampfgeist kehrte zurück. Mit wildem Blick packte er Westenberg am Mantelkragen.

»Das Spiel ist noch lange nicht vorbei!«, zischte Finn

durch seine zusammengebissenen Zähne.

Die beiden Männer stürzten zu Boden und rollten ineinander verstrickt über den harten Untergrund. Ein heftiges Ringen begann – ein Kampf um Kontrolle und Überlegenheit.

Doch Westenberg war geschickt. Mit einer raffinierten Bewegung gelang es ihm, nach dem Messer zu greifen und es unter seine Kontrolle zu bringen. Dann stieß er zu und traf Finn mitten ins Herz. Finn kippte röchelnd auf die Stufen.

Westenberg kämpfte sich auf die Knie, nahm sein Tablet an sich und griff hastig in Finns Jackentasche. Nach kurzer Suche fand er den Stick, dann rappelte er sich auf, warf noch einen Blick auf Finn, der blutend auf dem Boden lag.

»Das ... wirst ... du ... bereuen ...«, stammelte Finn mit brüchiger Stimme.

»Vielleicht kann ich dir noch etwas Schweigegeld dalassen!«, zischte Westenberg. Er kramte in seiner Jackentasche, fand ein Bündel Geldscheine und stopfte es Finn in den Mund. Dann lief er die Treppe zum Mainkai hinunter und ging schnellen Schritts in Richtung Römer. Der Hall seiner Schritte verlor sich auf dem Kopfsteinpflaster.

Bohlan öffnete die Augen.

»Ja, so oder so ähnlich wird es gewesen sein!«, sagte er zu sich selbst. Dann stand er auf. Draußen war es dunkel geworden. Die anderen hatten das Präsidium längst verlassen. Er nahm seine Jacke vom Haken und verließ das Kommissariat. Endlich Feierabend!

Epilog

Ein pochender Kopfschmerz ergriff Julia Will, bevor sie die Augen öffnen konnte. Sie drehte sich auf die Seite. Draußen war es längst hell. Wie spät mochte es sein? Ihre Gedanken wurden jäh unterbrochen von einem lauten Krachen. Der Lärm klang nach schepperndem Geschirr und kam vermutlich aus der Küche. Sie setzte sich vorsichtig auf die Bettkante und rieb sich über die Schläfen.

Der Geruch von Kaffee bahnte sich einen Weg durch den Türspalt direkt in ihre Nase. Alex! Ihr Freund war schon aufgestanden. Aber was machte er da in der Küche? Immerhin war heute Sonntag!

Müde stand sie auf, zog sich einen Bademantel über und schlurfte in die Küche. Durch den Türspalt sah sie Alex Pfannkuchen braten und Kaffee kochen.

»Na, endlich bist du wach«, sagte er grinsend über seine Schulter hinweg.

Julia zwang sich zu einem Lächeln und setzte sich an den Tisch. Der süßliche Duft des Ahornsirups stieg ihr in die Nase und munterte sie ein wenig auf. Nichts schmeckte besser auf einem Pfannkuchen.

»Hey«, sagte Julia mit rauer Stimme.

»Ich dachte mir, ich mache uns ein schönes Frühstück, bevor wir losmüssen.«

»Wo müssen wir denn hin?«, fragte Julia verwirrt.

»Zu meinem Judowettkampf! Hast du das vergessen?« Alex grinste breit.

Ein Judowettkampf – an einem Sonntagmorgen?! Das klang nach allem anderen, aber nicht nach Ruhe und Entspannung.

»Ich glaube nicht, dass ich mich dafür gerade fit genug

fühle«, murmelte sie. Alex drehte sich zu ihr um und legte eine Hand auf ihre Schulter. »Was ist denn los? Fühlst du dich nicht gut?«

»Nein, überhaupt nicht!«, gestand Julia schlapp.

»Oh, das tut mir leid. Bestimmt kommt das von der Schwangerschaft.« Alex seufzte enttäuscht. »Trink erst mal einen ordentlichen Tee.«

In diesem Moment schrillte die Türklingel. Alex zuckte zusammen, lief dann hinüber zum Flur. Julia griff zu ihrer Tasse und trank einen ersten Schluck Tee. Während ihr Alex' Sonntagsplanung durch den Kopf ging, richtete sie ihre Blicke durch die Fensterscheibe hinunter in den Garten. Es würde ein sonniger Tag werden – perfekt dazu geeignet, sich im Garten zu erholen, jetzt wo der Fall gelöst war.

Den Tag in einer stickigen, schweißgetränkten Sporthalle zu verbringen, war eindeutig die schlechtere Alternative. Aber sie wollte Alex nicht enttäuschen.

»Das sind schon die anderen, wir müssen bald los!«, rief Alex. Er stand in der Küchentür.

»Was hältst du davon, wenn du schon losfährst. Ich komme später nach!«

Alex verzog das Gesicht.

»Ich komme wirklich!«, versicherte Julia. »Vielleicht kommt Konstanze mit! Ich rufe sie gleich mal an.«

»Okay!«, sagte Alex und zog sich seine Trainingsjacke über.

»Der Wettkampf startet in eineinhalb Stunden.«

»Das schaffe ich locker«, flötete Julia. »Aber erst haue ich mir den Magen mit deinen Pfannkuchen voll. Auf meine Linie werde ich die nächsten Monate sowieso nicht achten müssen.«

Tom Bohlan schlenderte durch den Hafenpark. Hinter ihm erhob sich der Koloss der Europäischen Zentralbank. Als er die Honsellbrücke erreicht hatte, blieb er einen Moment stehen und betrachtete den weiß getünchten Bogen, unter dem das Café des Kunstvereins Familie Montez beheimatet war. Er verharrte einen Augenblick und sog die frische Frühlingsluft in sich auf, bevor er mit gemischten Gefühlen das Café betrat. Im Eingangsbereich stehend scannte er den Gewölberaum, dessen Wände sich im schlichten Grau des Sichtbetons präsentierten. Gemütlichkeit spendeten die zahlreichen Sofas und Sessel, die wie Farbtupfer auf einer grauen Leinwand wirkten. Zahlreiche Gemälde und Poster zierten zudem die Wände.

Er hielt Ausschau nach Klaus Gerding, mit dem er auf einen Kaffee verabredet war. Da er seinen Chef nirgendwo entdecken konnte, stand er unschlüssig im Raum.

»Sie müssen Tom Bohlan sein«, hörte er unvermittelt eine Stimme. Vor ihm stand ein großer Mann mit kurz geschnittenen Haaren und Vollbart.

»Ich bin Daniel«, sagte der Mann. »Sie sind mit Herrn Gerding verabredet. Der hat gerade angerufen und gesagt, dass er sich leider etwas verspätet. Das soll ich Ihnen ausrichten.«

»Ah«, stieß Bohlan etwas perplex aus.

»Sie können sich natürlich gern schon einmal setzen«, schlug Daniel vor. »Oder Sie nutzen die Zeit für einen Rundgang durch unsere Ausstellungsräume.«

Bohlan entschied sich für Letzteres und schlenderte durch die angrenzenden Räume, um die dort ausgestellten Kunstwerke zu betrachten.

Die Bilder zogen an ihm vorbei. Oder er an ihnen. Jedenfalls war er in Gedanken ganz woanders. Er musste eine Entscheidung treffen und das Gespräch mit Gerding hatte er lange genug vor sich hergeschoben. Vor dem einen oder anderen Gemälde blieb er stehen, versuchte, in dessen Welt einzutauchen, die Farben in sich aufzunehmen. Doch die Versuche scheiterten.

Nur im letzten Raum, ganz am Ende des Gangs, schafften es die roten, in Blut getränkten Bilder, seine ganze Aufmerksamkeit auf sich zu ziehen. Der ganze Raum war eine Hommage an Herrmann Nitsch, jenen österreichischen Aktionskünstler, der zu seinen Lebzeiten Kunstaktionen mit dem Namen »Orgien-Mysterien-Theater« veranstaltete.

Rot war die alles beherrschende Farbe. Bohlans Blick glitt über die Fotos: nackte Menschen, die mit verbundenen Augen an ein Holzkreuz gefesselt waren und mit Tierkadavern und Gedärmen eingerieben wurden. Dabei wurde ihnen offensichtlich Blut eingeflößt, untermalt von bedrückenden Tönen einer Blasmusikkapelle. Und dieser Blutrausch sollte Kunst sein? Bohlan schüttelte unmerklich den Kopf.

Nach einer Weile riss er sich los und kehrte ins Café zurück.

Er sah Gerding an einem Tisch sitzen und lief schnurstracks auf ihn zu.

»Setz dich doch, Tom«, sagte Gerding freundlich und deutete auf den freien Plüschsessel.

Bohlan nahm Platz. Die beiden Männer führten ein wenig Small Talk, bis Daniel den bestellten Kaffee und Kuchen servierte.

Dann sagte Bohlan unvermittelt: »Ich kann leider doch nicht Chef der Mordkommission werden.«

Zunächst erfolgte keinerlei Reaktion. Bohlans Worte schienen unbeantwortet zwischen den Wänden zu verhallen. Gerding wirkte geschockt. Eine ganze Zeit lang sah er Bohlan prüfend an.

»Das kannst du doch nicht machen. Es war alles besprochen!«, blaffte Gerding schließlich.

»Ich weiß, und ich habe lange gehadert und nachgedacht, aber ich bin ein Mann, der raus muss, der am Fall arbeitet.«

Gerding kniff die Augen zusammen.

»Diese Diskussion haben wird doch schon zig Mal geführt. Du bist unser bester Ermittler, aber du wirst nicht jünger. Ich verstehe deine Bedenken, Tom. Aber du weißt genauso gut wie ich, dass diese Position ein wichtiger Schritt für dich ist.«

»Ja, ich weiß«, antwortete Tom gedankenverloren. »Aber mein Team braucht mich. Julia ist schwanger und wer soll da jetzt die Arbeit machen?«

»Julia ist schwanger?«, echote Gerding.

»Ja.«

»Und wieso ist sie dann noch im Dienst?«, blaffte Gerding und hieb mit der Hand so fest auf die Tischplatte, dass die Tassen klirrten. »Und wieso weiß ich davon nichts?«

»Seit ich es weiß, macht sie nur Innendienst.«

Gerding schüttelte verzweifelt den Kopf.

»Tom, das kannst du doch nicht machen. So eine Entscheidung müssen wir besprechen, verdammt noch mal!«

Gerdings Faust schlug erneut auf die Tischplatte. Bohlan sah sich etwas beschämt im Café um. Er glaubte, tausend Blicke in seinem Rücken zu spüren. Doch zum Glück waren die Tische um sie herum allesamt leer.

»Siehst du«, sagte Bohlan, »ich bin für so eine Führungsposition gar nicht geschaffen. Dafür treffe ich viel zu unkonventionelle Entscheidungen!«

»So einfach kannst du dich nicht aus der Affäre ziehen!«, zischte Gerding, der zunehmend angefressener wurde. Er überlegte einen Moment lang, bevor er sich mit besänftigender Stimme erneut an Bohlan wandte. »Das ist natürlich eine schwierige Situation. Aber es gibt ja auch noch die Stones. Steinbrecher ist ein erfahrener Kollege und Jan Steininger hat sich auch ganz schön gemausert. Du solltest ihnen mehr zutrauen. Und du musst auch loslassen.«

Tom wandte seinen Blick ab und sah zur Eingangstür, wo Daniel gerade eine Frau in einem knallbunten Kleid und extravaganten Hut begrüßte. Die beiden setzten sich an einen der Tische.

»Wir können dafür sorgen, dass die beiden während Julias Schwangerschaft Unterstützung bekommen. Außerdem gibt es viele talentierte junge Ermittler, die gern bei uns arbeiten würden.«

Tom zögerte, bevor er antwortete. »Ich werde mir alles noch einmal durch den Kopf gehen lassen.«

»Okay«, sagte Gerding, »aber ich kann dir nicht ewig Zeit geben.«

»Wie lange?«

»Ende des Monats. Aber dann ist wirklich Deadline. Du weißt, die Rente ruft, und ich will nicht gehen, ohne dass alles geregelt ist. Einen wirklichen Plan B habe ich nicht.«

Tom Bohlan nickte.

»Danke, Klaus.«

»Kein Problem, Tom. Wir werden das schon hinbekommen.«

Später schlenderte Bohlan wieder durch den Hafenpark zurück. Kinder und Jugendliche in hippen Klamotten fuhren im Schatten des Hochhauses der Europäischen Zentralbank Skateboard oder Roller. Andere kickten auf dem mit hohen Zäunen versehenen Bolzplätzen oder lagen auf den Wiesen in der Sonne. Einige tranken Bier und diskutierten lautstark in einer Sprache, die Bohlan nicht verstand, und lachten immer wieder laut. Eine Gruppe spielte

Wikingerschach. Eine schlanke Frau stand auf den Schultern eines Mannes, der seine Muskeln anspannte, um das Gewicht zu halten. Andere trainierten an Turngeräten und präsentierten stolz ihre nackten Oberkörper.

Bohlan schlenderte in Richtung Mainufer, wo Spaziergänger und Fahrradfahrer vorbeizogen. Plötzlich spürte er einen unbehaglichen Schauer am ganzen Körper. Etwas war hier nicht richtig. Irgendetwas lag wie ein bedrohlicher Schatten über der ganzen Szenerie, verdunkelte alles. Erst war es nur ein komisches Gefühl, das durch Bohlans Köper glitt und sich seiner bemächtigte. Doch dann bestätigte ein Blick über die Schulter sein Gefühl. Eine Männergruppe lief auf ihn zu, kam näher und näher. Einer der Männer rief ihm zu: »Wir brauchen Hilfe.«

»Was für Hilfe?«, fragte Bohlan misstrauisch.

»Eine Freundin von uns ist verschwunden. Können Sie uns helfen?«

Der Mann wedelte mit seinem Handy herum.

Bohlan gab sich betont gelassen. »Ich denke schon. Schließlich bin ich Polizist.«

Die Männer schienen erleichtert, zeigten Bohlan ein Foto. Gemeinsam suchten sie das Areal ab - vergebens.

Als sie aufgeben wollten, hörte Bohlan eine Stimme. Er blieb stehen und scannte das Areal ab. Vor dem Café des Kunstvereins stand ein bärtiger Mann, der heftig in seine Richtung winkte und ihm zu verstehen geben wollte, dass er zu ihm kommen solle.

Es war unverkennbar Daniel.

Der Kommissar sprintete los und stand wenig später vor dem Leiter des Kunstvereins, dessen Gesicht sehr viel blasser war als vorhin.

»Kommen Sie schnell, es ist etwas Schreckliches passiert!«

Bohlan sah Daniel fragend an, doch dieser drehte sich

weg und war bereits an der Schwelle zum Eingang. Bohlan setzte ihm hinterher. Daniel bog gleich nach links ab. Sie liefen durch einen Gang, von dem nacheinander einige Ausstellungsräume abgingen. Bohlan ahnte den Weg. Erst vor einer Stunde war er hier in Richtung der Nitsch-Ausstellung entlanggelaufen.

Was um alles in der Welt war denn in der letzten Stunde passiert? Bohlans Körper wurde von Adrenalin geflutet. Daniel hatte seit dem Begrüßungssatz nichts mehr gesagt.

Sie erreichten das Ende des Ganges und betraten den Ausstellungsraum mit den Nitsch-Bildern. Auf den ersten Blick sah es hier nicht anders aus als vorhin.

Daniel stand mittlerweile am anderen Ende des Raums, ziemlich dicht an der hinteren Wand vor einem riesigen Nitsch-Bild.

Vor ihm lag etwas auf dem Boden. War das etwa ein menschlicher Körper? Vorhin hatte er noch nicht dort gelegen, das wusste der Kommissar genau. Denn er hatte dort gestanden und eine Hinweistafel studiert. Bohlan trat ein paar Schritte näher und stand jetzt direkt neben Daniel, der fassungslos auf den Boden starrte. Vor ihnen lag der Körper einer Frau. Er steckte in einem ehemals weißen Hemd. Jetzt war es voller roter Farbe. Oder war das etwa Blut?

Es musste Blut sein, denn die Frau war tot, starrte mit leblosen Augen an die Decke.

Der Kommissar kniff sich in den linken Arm, bis es schmerzte.

Es war also kein Traum! Es war Realität.

Nahm das Morden in dieser Stadt niemals ein Ende? Gönnte das Verbrechen ihm denn keinen einzigen freien Tag?

Politiker schreibt Polit-Krimi!

Der Kandidat

In Frankfurt ist Oktober und der Teufel los! Hauptkommissar Tom Bohlan kehrt nach vielen Jahren widerwillig in den Dienst zurück und wird mit einer jungen, gut aussehenden Kommissarin konfrontiert. Ein ehrgeiziger Musikproduzent, der unbedingt Frankfurter Oberbürgermeister werden will, kämpft mit der neuen Linken gegen die Machtelite seiner Partei, die am Abgrund steht. Eine Bestsellerautorin, die keiner kennt, schnüffelt in den Katakomben der Macht. Dann liegt eine junge Referentin tot in ihrem Bett. Die Ereignisse überschlagen sich. Tom Bohlan ermittelt in Frankfurts linkem Milieu und bekommt es mit Macht, Politik, Sex und schließlich mit der Moral zu tun.

Ein ziemlich heißer Tod…
Tod in der Sauna

Als der Startrainer Klaus Momsen tot in der Sauna seines Fitness-Studios gefunden wird, herrscht allgemeine Fassungslosigkeit. Hauptkommissar Tom Bohlan und seine Kollegin Julia Will stoßen schon bald auf einige Ungereimtheiten. Warum war Momsen mit Dopingmitteln vollgepumpt?

Macht, Gier, Mobbing ...
Tödliche Verstrickung

Die Anwältin Miriam Faust will ganz nach oben und spielt dabei ein übles Spiel, in dem Moral keine Rolle zu spielen scheint. Zunächst scheint alles nach Plan zu laufen, doch dann hängt ein Privatdetektiv halbnackt und tot an der Decke seines Schlafzimmers. Als Hauptkommissar Tom Bohlan und seine Kollegin Julia Will an den Tatort gerufen werden, ahnen sie noch nicht, in welche Verstrickungen sie dieses Verbrechen führen wird. Macht, Gier, Mobbing und üble Machenschaften ziehen sich durch die Ermittlungen und rütteln an den Grundwerten der Kommissare.

Wirtschaft, Mord und Drogen
Stadt ohne Seele

In einem Frankfurter Luxus-Hotel wird die Leiche einer jungen Mexikanerin gefunden. Schnell gerät der Internet-Aktivist Linus Möller unter Mordverdacht, der in der Schattenwelt zwischen Wirtschaftskriminalität und Drogenhandel recherchiert. Doch was hat das alles mit der Finanzierung einer neuen Multifunktionshalle im Frankfurter Stadtwald zu tun? Und warum gibt es Parallelen zu einer Mordserie im mexikanischen Drogenmilieu? Es beginnt eine mörderische Hetzjagd, die das Ermittlungsteam Bohlan/Will an die Grenzen ihrer Möglichkeiten bringt.

Tödliche Nidda
Mord am Niddaufer

Am Ufer der Nidda wird in Nähe des Eschersheimer Schwimmbades eine kopflose Leiche gefunden. Der Frankfurter Stadtteil ist in heller Aufregung, die auch das örtliche Gymnasium erfasst: Bei dem Opfer handelt es sich um eine Schülerin. Tom Bohlan und Kollegen ermitteln. Eine ungeliebte Schulleiterin, ein Theaterstück, in dem es um Enthauptungen geht, und Intrigen im Kollegium machen es nicht leichter. Damit nicht genug: Die neue Staatsanwältin macht dem Kommissar das Leben schwer.

Tödliches Erbe
Das Erbe des Apfelweinkönigs

In einer Villa am Frankfurter Lerchesberg wird die bildschöne Erbin des legendären Apfelweinkönigs Heinz Wagenknecht ermordet. Auf dem Nachbargrundstück findet Kommissar Tom Bohlan die Tatwaffe und ein Foto, das eine alte Kelter in einem Kellergewölbe zeigt. Sehr schnell kommen die Kommissare zu dem Schluss, dass es sich dabei um den Hinweis auf ein weiteres Verbrechen handelt. Ein spannender Wettlauf mit der Zeit beginnt ….Die Frankfurter Kripo ermittelt im Dunstkreis einer Apfelweindynastie, die ums Erbe streitet und dabei vor nichts zurückschreckt. Tom Bohlan jagt den Täter diesmal unter anderem in Eckenheim.

Ein Stöffche in Ehren
Kristallstöffche

Eine Joggerin entdeckt im Martin-Luther-King Park zwei blutverschmierte Koffer, die zerstückelte Leichenteile enthalten. Der Polizei gelingt es, Fingerabdrücke und DNA zu rekonstruieren und die Toten zu identifizieren: ein Ehepaar aus dem Obdachlosenmilieu. Außerdem werden Spuren von Crystal Meth nachgewiesen. Hauptkommissar Tom Bohlan und seine Kollegin Julia Will müssen all ihren Spürsinn unter Beweis stellen, um im Dickicht von Drogenschmuggel, Fitnesswahn und Beziehungsdrama den Überblick zu behalten ….

Tödliche Fastnacht
Klaa Pariser Blut

Tom Bohlan findet seinen Kollegen Steininger neben Felicitas Maurers Leiche. Die schöne Staatsanwältin wurde auf brutalste Weise in ihrem Schlafzimmer erstochen. Im Schrank finden sich Aufnahmen ihrer Liebesnächte, doch einige Filme fehlen. Steininger kann sich an nichts mehr erinnern. Während die Mordkommission verzweifelt versucht, Licht ins Dunkle zu bringen, braut sich im Stadtteil Heddernheim weiteres Unheil zusammen. Die Prinzessin der Klaa Pariser Fastnacht wird ermordet. Der Tathergang gleicht dem Verbrechen an Felicitas Maurer frappierend. Doch wie hängen die beiden Morde zusammen? Und wie tief ist Steininger in all das verstrickt? Und wie hängt das alles mit einem Streit um die Zukunft der Fastnacht zusammen?

Machenschaften im Profifußball
Citymord

Sommer in der City. Die Hitze steht seit Tagen in den Häuserschluchten. Im Stadtwald zelebriert die Eintracht einen neuen Spieler und am Main wird gefeiert. Die Eiscafés sind überfüllt und im Beach-Club sollte ein Pool für Abkühlung sorgen. Doch eines Morgens treibt dort eine Leiche ...
Ein neuer Fall für die Frankfurter Mordkommission. Hochspannend und mit viel Lokalkolorid

Mysteriöse DNA
Tod am Hühnermarkt

Der Wissenschaftler Thomas Winterstein ist einem Geheimnis auf der Spur, das sich in der menschlichen DNA verbirgt. Doch dann wird er tot am Hühnermarkt gefunden. Bohlan und Will ermitteln, werden aber schnell vom LKA ausgebremst. Der Bestseller Autor David Blum beauftragt die junge Journalistin Hannah Wollenberg, Licht ins Dunkel zu bringen. Schnell begibt sie sich in höchste Gefahr und dann gibt es einen weiteren Mord.... Ein neuer Fall für die Frankfurter Mordkommission. Hochspannend und mit viel Lokalkolorid

Gefährliche Vergangenheit
Mord an der Alten Oper

Ende der achtziger Jahre wird der Politiker Achim Hagemann vor der Alten Oper erschossen. Die Hintergründe bleiben nebulös. Als dreißig Jahre später der Staranwalt Wolfgang Hauck stirbt, glaubt nur seine Enkelin nicht an einen natürlichen Tod. Zusammen mit dem Journalisten Max Bülow beginnt sie eigene Ermittlungen. Schon bald verfangen sie sich in einem gefährlichen Netz aus persönlichen Verstrickungen, Abhängigkeiten und dunklen Geschäften

Alle Bände können unter www.lutzullrich.de signiert und portofrei bestellt werden.

Alle Bücher sind auch als eBook erhältlich.

Wie aus Herbert Willy wurde.
Ein Roman über die Jugendjahre Willy Brandts

ISBN: 9783946247050
EURO: 12,95
Auch als eBook.

Wie aus Herbert Willy wurde

Lübeck Ende der zwanziger Jahre. Auf den Straßen wütet der Mob. Die Nazis greifen nach der Macht. Der junge Herbert Frahm gerät zwischen alle Fronten. Er überwirft sich mit den Sozialdemokraten, wird Mitglied einer kleinen Splittergruppe. Dann kommt ihm die Aufgabe zu, einem Publizisten bei der Flucht nach Dänemark zu helfen. Der Fluchtversuch scheitert. Frahm ist in Deutschland nicht mehr sicher. Frisch verliebt in Trudel muss er das Land verlassen. Eine Pflicht zum Bleiben gibt es nicht. Er will vom Ausland aus für eine bessere Zukunft kämpfen. Zu diesem Zeitpunkt ahnt er noch nicht, dass es ein langer Weg werden wird, der ihn immer wieder zwischen die Fronten bringen und manche menschliche Kapriole schlagen wird.